松子落

漫长的客居

苏枕书

著

中信出版集团｜北京

图书在版编目（CIP）数据

松子落：漫长的客居 / 苏枕书著 . -- 2 版 . --
北京：中信出版社, 2024.10. -- ISBN 978-7-5217
-6796-4

I. I267

中国国家版本馆 CIP 数据核字第 2024EX9558 号

松子落：漫长的客居
著者： 苏枕书
出版发行：中信出版集团股份有限公司
（北京市朝阳区东三环北路 27 号嘉铭中心　邮编　100020）
承印者： 北京盛通印刷股份有限公司

开本：880mm×1230mm　1/32　　印张：9
插页：14　　　　　　　　　　　字数：150 千字
版次：2024 年 10 月第 1 版　　　印次：2024 年 10 月第 1 次印刷
书号：ISBN 978-7-5217-6796-4
定价：58.00 元

版权所有·侵权必究
如有印刷、装订问题，本公司负责调换。
服务热线：400-600-8099
投稿邮箱：author@citicpub.com

哲学之道旁流动的春水，倒映着仲春的绿意。

3月末，净土寺附近樱花盛开。一街之隔的哲学之道满是游人，此处则清寂如常。

种了很多年的盆栽铁炮百合,搬家也一直带着。如今它们在新家的小院内落脚。

梅雨季节，近畿地区郊野稻田满水，禾苗新绿。

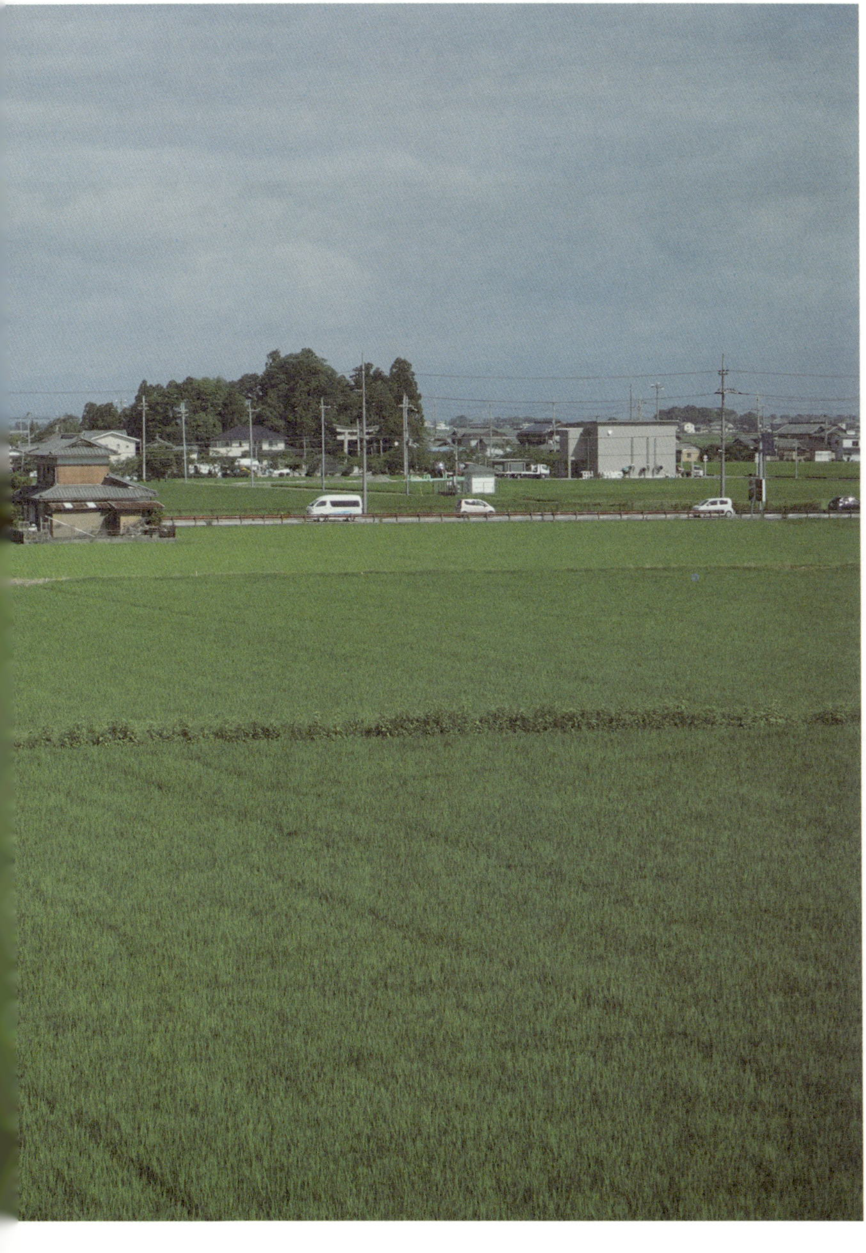

窗前雨中梳洗羽毛的幼燕。

大山雀也很常见，给我展示色彩美丽的羽毛。

真如堂后园的手书警示语——"窃花亦为盗"。

真如堂前的椴花，6月中盛开满树，是本地媒体也要报道的盛事。

香橼的花，远远就闻到香气。

2017年京都夏季下鸭纳凉古本祭目录。

2017年京都春季古书大会目录。

从省吾那里得到的莲藕种出的莲花,得到附近邻居的赞扬。

白色碗莲别有一种清幽态度。

8月中旬下鸭神社树林内的夏季纳凉古本祭,不少人穿浴衣来,场地入口处还有免费发放的团扇。来玩的孩子也很多,因为正放暑假,书市也专门开辟了绘本区域。

6月中开花的夏山茶,花苞覆着薄薄一层淡银灰绿的绒毛,非常美丽,有丝绸的光泽。

心情如棣棠花一般明亮起来。

4月中旬，邻居家墙头开至盛极的木香，雨后香气稍浓，忍不住花下伫立良久。有时遇到主人修剪花枝，还会赠给过路的人。

清晨4点半的朝颜。

绣球宜雨,梅雨时格外可爱。

真如堂后院栽种了许多绣球,花开时很美丽,也不见宣传,十分清幽胜境。

每年 4 月末、5 月初开始种番茄，7 月初收获。

收获不多的青椒。

与我们团聚的金泽很快习惯了异域生活,很喜欢在窗口看风景。

秋天庭内开满桂花。

吉田山脚极高大的茶梅，一直从 12 月开到次年二三月间。雪天尤其好看，落花满地时也好看。

除夕写了春联，很醒目地贴在门上。

目录

《松子落》新版序　　　　　III

原序　　　　　　　　　　　1

| 行旅 |

汤川秀树的京都　　　　　　7
重庆往事　　　　　　　　　24
何月不照人　　　　　　　　34

| 人情 |

拜年　　　　　　　　　　　53
　附：山中岁末　　　　　　70
散书记　　　　　　　　　　74
与旧书店为邻　　　　　　　93
谁人袖底染梅香　　　　　　111

I

芸草堂闲话　　　　　　　118
净土寺的咖啡豆　　　　　124

| 岁时 |

种花与买花　　　　　　　133
梅雨时节　　　　　　　　139
照冥灯闪水波寒　　　　　144
客中之雨　　　　　　　　148
寒冬的衣裳　　　　　　　154
仿枕草子　　　　　　　　160

| 缓归 |

父亲与我　　　　　　　　173
结婚记　　　　　　　　　196
种莲记　　　　　　　　　232
漫长的客居　　　　　　　256

后记　　　　　　　　　　275
重版后记　　　　　　　　277

《松子落》新版序

吴从周

枕书的《松子落》初版面世后，编辑说想拍一段猫和松树的视频作宣传。那时枕书在京都，两只猫和我住在北京，如此两地多年。北京公园里虽然多有松树，且不少古木，但猫不愿意出门。于是最终买了一大捧松枝插瓶，摆在阳台。室内长大的猫们很觉新奇，翕着鼻子，绕着走了许多圈，一直到困倦，各自在边上瞌睡起来。

不知不觉已是六年前的事。年份几个数字，说起来仿佛还是昨天。这时间不长不短，新闻变作旧闻，又还没有久远到足够成为历史，只是陈旧而已。即使如此，也绝无法想象从那之后几年之间，世界竟有许多动荡降临，许多期待落空，也不能料想人生中各种阔别与永诀。回头看时，除了隔世之叹，竟然一时也找不到更确切的形容。

因为是隔几年的重版，副题"京都九年"要改成"漫长的客居"。枕书对旧稿做了增删,并添了若干新篇。一则是旧版中写过的一些人和事,对之后有所交代;二则借重版之机,也对自己做了一番重审,尤其是当年面对的犹疑、困惑。人随年岁流转而移步换景,登高见远,回顾往事,或许时能发觉过去的所思所感不如此刻更加明白。现在看过去是如此,将来再看此时,想必也是一样。倘若总是前后一致,倒不是什么好事。这些新版的变化,留待读者自己去发现,不宜由我啰唆太多。

时至今日,我也在京都住了快两年,有机会目睹枕书书中写过的种种风景与四季流转。真如堂、百万遍、寺町通、鸭川,一一变成脑海中真切的印象,闭眼也能走到。而我的日常活动范围也超过了枕书,甚至时不时能讲一些她觉得新鲜的本地见闻。也见了许多人,承蒙枕书多年在此间结下的友谊,令我多受善意和优待。"顺菜"餐馆的老板娘顺子阿姨听说我搬家过来,拉着我们的手直说"太好了",又问我们吃不吃南瓜,从厨房抱出滚圆的一只来送。邻居大爷热爱海钓,问我们是否在家做饭,中国料理如何做鱼。之后某日,他忽然提着两条收拾干净的大鱼敲门,说太太正因为鱼太多而生气,拿手指在头上拟魔鬼的角,又做了个噤声的手势。省吾一家也常来做客,每次海外旅行或是回老家,都不忘捎来手信。这些人与人的联结,让我久违地有了生活在"此时此地"的感觉。

书里说，居所附近是"遍植松、柏、橡、杉、樟的山中"，因此《松子落》之题非虚。京都确实多松树。西山的善峰寺有号称日本第一的"游龙松"，树龄六百岁，横卧三十七米。不过比起来，总觉得还是北京园林的古松更苍健，且符合自然的审美。与北京的不同是，除去园林名木，这里的松树与市民生活似乎更接近一些。看起来颇有年月的院子里，往往有一棵姿态高古的松树从墙头旁逸斜出。新年之时，人家门口也多有松枝装饰，或是连根的松树幼苗，叫作"根引松"；或是配合竹子的松枝，叫作"门松"。从前只道中国人看松树，看到的是长寿、恒久、经霜而不凋，此地因袭，也取它的好寓意。这两年学了一些日文，才知道日文的松读作 matsu，恰与等待（待つ）同音，因此正合新年。等待运气也好，等待新春也好，总之带着一种朝向将来的期待。而松树在英文是 pine，因别离而悲伤也写作 pine，词源不同，却巧合地同字。恒久、离别与等待，这几样跨文化的联想与意义交织，与"山空松子落，幽人应未眠"的古人心境，竟隔着大洋大海，殊途同归地合于一致了。

回到开头提过的两只猫，其中一只年轻的，不久突然生病离开。后来我们又收养了一只，叫金泽，枕书说取自"金泽文库"。后来，金泽与年迈的老猫白小姐一起跟我渡海，如今想必早就习惯了异国生活。枕书从前总是感叹，什么时候才能和猫真正朝夕相处？庆幸她已实现了愿望。这次新版，她命我作序，美其名曰"节约人力成本"。朋友笑我是"作序专家"，我觉得是自己的幸运。枕书说京都十五年，而我和她相处的年份差不多也是这么久，对人生而言实在不算短。我期待读到她更多的作品。

原序

2017年夏，回京不久，恰好雪萍联系我，询问近况。我答，正在家中陪猫。她不辞京中奔波的远途，当日下班后就来我家相聚，在狭窄的居所内喝了不少酒，因此有了这册小书的诞生。

此集收入的文章，多半曾刊载于《人民文学》之类的杂志，而雪萍从前正是《人民文学》的编辑，当年这些文稿皆曾经她之手。早先她便鼓励我多写有关京都的文章，从最初浮光掠影的状物写景，到后来的种种人事变故；从最初不加拣择，有任何体验都想行诸笔端，到如今欲言又止，踌躇斟酌。

近年越发珍惜书写的机会，为什么人与人之间的交流还是如此困难，自己的书写究竟有何意义？如果仅是消遣与抒怀，是否有必要化身纸书？当然，前人著书，不论诗集、文稿、论述、书信，大多希望刊刻梓行，到晚年思想成熟、学问有成，还希望亲自改定文集，作为自己曾在世间行走、学习、思考的纪念。所以出版，哪怕是出版不成熟的作品，并非罪过。只是从前人们出版某书，比今日困难许多，他们买书、读书、著书、印书都不容易，所以落笔成书也更谨慎、珍重。希望自己对此书也有谨慎与珍重的态度。

此书想要与读者分享的，是过去九年非常个人的体验，充满犹豫、困惑。"松子落"是很喜欢的意象，诗里多有歌咏，"山中拾松子，种作庭中树"（黄玠，《题高梅叔牧松斋》），"山空松子落，幽人应未眠"（韦应物，《秋夜寄丘二十二员外》），"桐华吹处客载酒，松子落时予读书"（李晔，《次韵李师文见柬》）。还有"鹿麛过别院，松子落前除"（施峻，《石居》），可与旧作《有鹿来》呼应。我住在遍植松、柏、橡、杉、樟的山中，鹿之外，尚见过狸猫、野猪，据说还有猴子。松子不仅是仙人的食物，小动物与我也都喜欢。因此"松子落"又是一个写实的标题。

副题仍缀"京都"二字，但并非全写京都。以时间轴而言，起点可以追溯到大学时代。以空间而言，有读大学时所在的重庆、成年后旅居的北京，以及目前客居最久的京都，当然还有一些关于故乡的回忆。以话题而言，有一贯最感兴趣的买书、读书、种花，也有一直关注的服装问题，还收入了几句对《枕草子》的戏仿，是想请大家也来试一试这种可爱的文体。常听人说某文"像《枕草子》"，而我们究竟对《枕草子》有多少了解，或者仅记住开篇那句"春天是破晓的时候最好"？江户后期学者山冈浚明在《类聚名物考》卷二六六《书籍部四·日记·女史》中指出："此书仿唐义山杂笺书体。义山，李商隐别号，晚唐德宗朝人，与白乐天、元稹同时也。"（近藤活版所本）幕末学者斋藤拙堂在《拙堂文话》卷一云："物语、草纸之作，在于汉文大行之后，则亦不能无所本焉。《枕草纸》，其词多沿李义山《杂纂》。"〔日本文政庚寅（1830）新镌，古香书屋版〕后世学者亦多有考察《枕草子》与《义山杂纂》的关系，这种清简隽永、摇曳多姿的文体，可以慢镜头般捕捉某个瞬间，也可以将漫长光阴凝缩作一粒琥珀，很适合手机写作。打字机、电脑使我们大大加快写字的速度，较之执笔的前人，书写效率显然更高。但手机与各种社交网络的出现，又使短文书写大行其道。倘若不会作诗，不妨试试《枕草子》《杂纂》这类文体。

《枕草子》被视为"女性文学"的代表作，一看到书名，人们就自然想到纤细、敏锐、婉转等"女性"特征。在最初写作之时，我并未意识过性别问题。而成年以后很长一段时间，为了躲开人们对女性书写者不自觉的矮化、偏见与蔑视，为了避免旁人在"作家"的标签之前为我再添一个"女"字，为了避免人们因为我的性别而不信任我书写的对象，我开始有意识地在文中将自己藏起来，也想过彻底换个名字。偶尔听人说，读过你某某书，一直以为你是男人，甚至觉得松一口气，仿佛这样就安全了。这种源自妥协与懒惰的"安全感"很可耻，所以在此书中，没有隐去这个明确存在的"我"。我目前过着勉强称得上自由的生活，而这一切并非因为自己付出多少努力，更多是源自家人的爱与宽容。若没有爱与宽容，我们该如何保有独立与自由，如何获得救济，如何坚持对善恶的判断？我不大认可"我们现在已经很好了，胜于某某时代、某某区域"的观点，这对解决真正的问题没有意义。也不认为发现、歌颂"生活之美"是"女性作家"的职能，而想做个更勇敢、更努力的人。

2018 年 1 月 28 日

行旅

汤川秀树的京都

- 1 -

还没有到京都的时候，就听一位老师提起汤川秀树。那时还不知他家一门都是出色的学者，只知道他是日本第一位获得诺贝尔物理学奖的理论物理学家。

从高二开始，我的物理成绩就滑向难以挽救的深渊。物理老师住在我家楼下，是一位严厉刻薄的中年男人，在小区里遇到我父母，总是带着一丝嘲讽的笑容招呼道："你们家女儿最近有搞什么新创作吗？"这令我父母非常羞愧。他们对我不是很有信心，对别人提起我其他方面的兴趣总是格外敏感，生怕我走上未知的邪路。

常有人说"女生的思维不太适合学物理"，也无形中给我提供了心理暗示。某次考得略糟，物理老师冷笑："你应该去文科班。"这益发加剧我对物理的恐惧，后来甚至看到物理考卷就脑海空白，最终失去了对这门学科的兴趣。虽然在高二之前，我一直参加学校的物理竞赛辅导班，花了很大的气力去理解力学、天体物理学这些如今已完全淡忘的内容。

回想起来，当时我所接受的物理教学模式仅是面向聪明人的，老师不会去解释某条定理的来源，也不会用略微具象的方法阐述某公式的推演过程。这些定理公式的存在是实用、已知的，我们必须直接将它们运用到复杂的计算中去。那时班上确实出现了明显的分流，一部分同学物理极好，也学得非常轻松。一部分勉力维持，基本维持在安全线以上。而一部分却积重难返——譬如我。仿佛所有人都从身边奔跑而去，我却还在原地举步维艰。物理学习的失败加重了我的自卑心理。高中毕业后多年，回家遇到昔日的物理老师，仍会涌起本能的恐惧，毕恭毕敬躲在一旁，低低埋下头。

在专业选择之际，我似乎从未有过自主权。小时候父母热衷培养我对汉语文学的兴趣，据说是因为恢复高考时，他们最难应对的科目是语文。重理轻文的观念一直延续到我读书的年代。因此父母虽培养我对文学的兴趣，目的不过是使其不成为"最难应对的科目"。

升入高中后，我考入理科竞赛实验班。这种极功利的分班制度虽屡遭禁止，但一直存在。我的故乡曾在近代城市发展史上留下过浓墨重彩的一笔，那位颇负盛名的实业家、教育家也曾在这座小城创办学校,大兴教育。可惜到我念中学时,这座小城的基础教育已被苛酷、死板的风气浸淫。考试排名是衡量学生的唯一标准。频繁的统考、短暂的假期(每月一日)、高强度授课(从早晨6点到晚上10点10分都必须留在学校)、实名制的成绩排次表,无不令那时的我难以容忍。残酷的竞争机制也令老师们神经紧张,每次考试过后,都担心自己班级成绩不如其他班级。

我就读的那所高中在当地颇有名望,本届十五个班级中,有两个理科竞赛实验班,十个理科普通班,三个文科班,可见文理悬殊。老师们毫不避讳对文科班的鄙弃,仿佛只有愚笨、不热爱学习的人才会堕落到那里去。譬如我的数学老师有这样的口头禅:"这样的题目都做错了,你以为自己是文科班的学生吗?"或者:"我还以为这样的错误只有文科班的学生会犯。"

小学到高中,我一直在父母的要求下参加奥数辅导班,也考过很多场试,获过一些奖项。中学时,曾对数学产生过浓郁的兴趣,在很长一段时间内,每天凌晨5点起来学习,反复练习、推演习题。当时非常喜欢平面解析几何,对组合计数、抽屉原理、容斥原理等反应平平。也曾在数学的迷宫里乐而忘返,为那些精妙的、仿佛上帝创造的神奇美感折服。甚至在高中毕业填志愿时,还差点选择应用数学。这被老师断然制止了。他说，你没有专攻数学的资质，将来最多做程序员而已。父母也认为，这个专业听起来远不如经管、贸易、法学之类悦耳。我与数学在这一个节点永久告别了。大学里不修数学，时过境迁，甚至连高中数学题也不会做了。当年对我很好的数学老师听说我的大学居然没有高数课，跌足长叹，认为中国文科大学的基础教育堕落至极。

如果当年一直读理科，如物理或者数学，也许后来我会从专业角度理解汤川秀树的学说与理论。而后来辗转的路途中，读到汤川在五十岁时所作的自传《旅人》，幽深小径纵横交错，邂逅也是惊喜。

- 2 -

2011年生日那天，与友人零陵君在北大物美超市楼下逛书店，在店内纸箱中发现了《旅人》的中译本。河北科学技术出版社"鸟瞰科学"丛书中薄薄的一册，打折后才五元。返校时带了这册书，时常翻看。汤川秀树原姓小川，1907年生于东京，不久因父亲工作调动，举家迁往京都。他的父亲小川琢治是京都帝国大学地理学教授，原籍是素有"学问之藩"之誉的纪伊国。小川琢治出身儒者之家，专攻地质学与地理学，同时也对考古、书画、围棋等深有研究。

有关他父亲的专业选择，《旅人》记述详尽：

我父亲是在十四岁时进入和歌山中学的，但是他已经跟他的父亲读过日文的中国古籍"四书五经"等了。在南监本"二十一史"中，他特别爱读《后汉书》、《三国志》和《晋书》等。……

　　他在进入第一高级中学时还没有决定将来学什么专业，这是他接近尾崎红叶的一个原因。我父亲总是怀念他一生中的这个时期。后来，当他跟自己的孩子们谈及文学时，他就会怀着一种特殊的情感谈论红叶。然后，他对于小说家鸥外和漱石以后的现代文学几乎不感兴趣。……

　　就在当时那种场合下，他决定今后将要倾全力去对抗自然界的威力。……

　　他注意到了从地下来的破坏力是多么的强烈。他虽对灾民们表示同情，但是他对自然界力量的伟大也表示惊叹，甚至也许受到了激励。这次旅行是促使他去学习地质学的一个因素。……

　　这次旅行使我的父亲下定了决心。浓尾地区的震灾，纪州的山河及其海岸的复杂形状，这一切唤醒了他的求知欲。决心既定，他就尽快地返回了横滨。他和岳父商讨了未来的问题，然后又回到东京。次年，父亲正式改姓小川并转学地质学课程。正是从那个时候起，他的生活才开始集中在地质学方面。*

他的父亲在选择专业时考虑得很慎重。理性方面，他对西方自然科学、应用科学素有兴趣；情感方面，又以明治二十四年（1891）发生在美浓、尾张地区的 8.0 级大地震为诱因，想要对自然、地质有更深了解。后来他出席巴黎国际博览会，获得殊荣，日俄战争时期，曾到中国进行地质调查。《旅人》中写道："他从来不谈这些（日俄战争）经历，它们不可能是轻松的。"1908 年，他被京大聘为教授，"父亲生了几次病，他把书堆在窗边，愉快地阅读这些书。我还记得那时候父亲脸上的表情"。

不少日本学者都经历过战争，很多人回忆往事时语焉不详。相较之下，中国法制史学家滋贺秀三则很幸运。中国法制史学者寺田浩明为滋贺先生撰写的悼文中，有这样一段：

> 滋贺先生自 1934 年 9 月（时年二十二岁）从东京帝国大学法学部毕业后，即被当时可以暂免兵役的大学研究生院以特别研究生的资格录取，开始了其中国法制史研究的生涯。时过境迁，后来当先生言及被选拔为特

---

* 引自《旅人》，[日]汤川秀树著，周林东译，河北科学技术出版社，2000 年。下文引用此书部分皆出自该版本。

别研究生一事时,先生说,对于他个人而言,最为看重的既不是他个人的生死,也不是学问的研究,而是他自己因此可以不用在战场上杀人而生活到现在的幸运。

- 3 -

汤川秀树童年时接受的是江户时期儒学家庭常见的传统文化教育。他在外祖父的敦促下练习书法,学习《大学》《论语》《孟子》。后来,他更喜欢的是《庄子》,认为也许是因为父亲严格暴躁的脾气使自己有某种本能的抵触心理,所以想要反抗从小笼罩着自己的儒家思想。他渐渐认为,儒家哲学是一种不合乎人情的学问,在他有判断力之前就强加其身,因而令他产生了怀疑,转而投向老庄思想。《旅人》多次提到《庄子》对他人生的影响。

小川琢治曾考虑让秀树继承父业,学习地质学。但秀树又产生了心理负担与怀疑的态度,并明确表示出厌倦情绪,将注意力集中到物理学方面。幸而小川琢治并没有继续干涉。秀树说:"人生道路在哪儿转弯或分岔,这是不容易预测的。即使关东大地震时我在场,我也不会选择走地质学的道路。"

《旅人》中的汤川秀树性情沉默、敏感忧郁,极少言辞。他高中毕业后进入京都帝国大学读书,在物理学图书室度过所有空余时间。若干年后，他在京都大学基础物理学研究所工作，几乎不跨出研究室一步。偶尔看到外面的阳光与植物，便觉得三十年前他读大学时的校园气氛依然保留着。

秀树似乎对物候变化十分敏感。他说看到建筑物周围密林中点缀的耀眼的白色小花，好像中间撒入了白色的氧化锌颜料。又说看到初夏阳光下，广玉兰盛开花朵。如今学校里的植物大概比过去更茂盛，我偶尔也会在教学楼前的草坪上辨认植物，蒲公英、碎米荠、大蓟、野豌豆、鸭跖草，长得非常旺盛。采撷几枝，养在卫生间洗手池边的小玻璃瓶内。初夏时广玉兰开得很多，硕大肥厚的花盘盛着沉沉雨水。也许秀树写过的"气氛"，现在依然能寻得一些痕迹。

广玉兰和名"泰山木""大盏木"，原产美洲，明治时才传入日本，这令我很意外。故乡市树是广玉兰，城中栽培特多，总以为是历史长久的植物，没想到国内也是清末才传入。仔细想想，传统绘画中的确没有见过广玉兰颀秀的身影。铃木其一晚年有《厚朴长尾鸟图》，今藏细见美术馆，画上的日本厚朴开着洁白端庄的大花，曾以为是广玉兰，但画题揭示了答案。

昭和六年（1931），秀树二十四岁，通过相亲见到了未来的妻子汤川澄。汤川家在大阪开了一间肠胃病医院，资产丰厚。秀树原姓小川，入赘汤川家，更改姓氏。他在《旅人》

序言的末尾说："这本回忆录的一大部分应当被称为'小川秀树及其环境'，而不应当被叫作'汤川秀树自传'，因为'小川'是我父亲的姓。"在京都住久了，偶尔听老师们谈论汤川太太，说她性格很强势，接受采访都说汤川秀树的诺贝尔奖有一半是她的功劳。又感叹小川一门兄弟娶的太太都很富有，"这是做学问的关键"。

对于小川琢治一家而言，入赘并不奇怪。琢治是赘婿，琢治的岳父是赘婿，秀树的二哥茂树也是赘婿。做学问需要后顾无忧的经济背景作支持，可以说，入赘带来的经济方面的保障成就了这家人的学术成就。《旅人》也提到，父亲琢治的工资虽然不薄，但维持整个家庭、供养五子二女读书成才，还是相当勉强。琢治在决定研究地质学时，也与岳父商量过，不久便更改了姓氏。秀树婚后与岳父一家住在大阪，最初乘京阪电车往返家与学校之间，后来转到大阪帝国大学担任讲师。

最初读小川环树的《唐诗概说》时，还不知他与秀树是兄弟。后来才知道，这一家兄弟都是学者：大哥芳树是冶金学家，二哥贝冢茂树是东洋史学家，四弟小川环树是汉学家。还有一位幼弟滋树，成为石原家养子，1944年死于太平洋战场。茂树、环树都曾是京都大学人文科学研究所（以下简称"人文研"）的教授，与吉川幸次郎（专攻中国文学）、桑原武夫（专攻法国文学）、宫崎市定（专攻东洋史学）等学者共事。

人文研如今有本馆、分馆之别，本馆在京都大学校内，分馆在北白川之畔，前身是1929年设立的东方文化学院京都研究所。原是隶属于外务省的研究机构，战时因不愿顺从外务省"研究当代中国，为政治与战争服务"的指令，而脱离外务省管辖，与东京研究所分裂，归京都大学管辖。

人文研分馆主楼由建筑家东畑谦三设计，为修道院式风格，有别于东京分所庄严肃穆的中国风格。白墙，尖顶，花窗，有宽敞的天井。朝南墙上有一只简洁的日晷，周围遍植松柏。前几年加固防震设施，又在外墙嵌入一块镌了"1930"字样的砖石，标明建成年月。天井里种着紫藤，有大片草地和金鱼池。池水幽深不见底，听一位已去外地大学工作的师兄说，他在所里工作时，曾被指派清扫鱼池，将金鱼一条一条捞出来暂养在盆内，抽干水，跳进去擦洗石壁，清除苔藓，再满上水，把鱼放回去。我的老师说，当年在所里时，也做过这件活儿，实在很费工夫。师兄便笑，看来要成为独当一面的研究者，首先要学会洗金鱼池才行。

来到京都的第一个初夏，常来这里抄资料，彼时尚是诚惶诚恐的心情。午后偶有一阵急雨，浓郁的草木清气弥漫入窗内，深深地呼吸下去，会感觉有丰盈的绿色扑面而来。松柏的气味纯粹是中国的，京都别处似乎没有种这样多的松柏——当然也许是我的臆测。藏书室极安静，仿佛连时间也放缓许多。在走廊内眺望中庭，莫名想起北京国家图书馆南区的天井，那里似乎有盆栽莲花，记忆里依稀有莲花瓣散落一地的印象。与零陵君提起这样的联想，她却说国图南区的建筑设计与人文研迥异。因此去年暑假回国，特地重新观察国图南区，发现无论是规格还是格局确与人文研不同，而那莫名的相似感依然存在。大约是因为台阶深处都很幽静，仿佛没有尽头。窗外拂来的风都清宁，书纸的气息也都温柔。

读人文研老师们的书，序言或文稿之末，常会见到"作于北白川之畔""推窗望见北白川"之类的文句。青木正儿为傅芸子的《白川集》作序，起首也是"世世永恒，古人如此咏歌的白川流水，至今还照旧澄清"。心里觉得很羡慕，那松柏墙内的小白楼好像封锁了一小段与世隔绝的光阴，北白川的流水也永远会在窗下淙淙响过。

- 4 -

《旅人》里写到一些与京都有关的场景，都很觉得亲切。秀树说对京都的群山保持了许多记忆，少年时代曾登临吉田山和大文字山，如平地散步一般。京都三面环山，山势平缓，山脊线起伏温柔，常常笼罩在清浅的雾气中。京都大学在吉田山旁，山中很多神社，本宫是吉田神社，每年春分有极热闹的祭典。学生们也愿意将这座山与京都大学联系起来，神社内有很多祷告升学的祈愿牌。

常在山里散步，林木丰茂，很肥胖的鸟雀在植物丛中扑来扑去，猫也极常见，倨傲不可亲近。沿着山道一直走下去，会到真如堂。那里的红叶和樱花都好，空荡寂静的时候最好，坐在大殿廊下，能望见学校的一角。虽然这样的时候往往没有思考什么问题，但总觉得心里仿佛有什么东西渐渐明亮起来。大文字山在银阁寺背后，从山脚登上山顶差不多需要三十分钟。入山口有一泓清泉，往来人都要掬来饮，或灌一瓶带走。人们照面，都会打招呼。在山顶可以俯瞰整个京都，天气晴好时，能看清城内横平竖直的棋盘构造。

小学时，秀树曾走过寺町通去学校，他们一家在寺町住过一段时间。京都的街道里，我最喜欢的大概就是寺町通。南北方向，从紫明通一直到五条通。紫明通开始的那段很狭窄，也很清静。一路南行，路过梨木神社、庐山寺，沿着御所的外墙一路走下去，就到了稍稍热闹一点的地段。有很多古老的商铺，出售文房用具、古董、字画、茶叶。接下来是热闹的寺町京极商店街，本能寺也在那里。这条街的前身是平安京东部的主干道，丰臣秀吉改造京都时，曾将寺院都集中建于道路的东侧，因此得名。

寺町通西侧的梨木神社内有秀树的一块歌碑，歌咏神社内的萩花：

昔日旧园已千年。木下浓荫里，萩花烂漫开

梨木神社内有京都三名水之一的染井之水。园内种满萩，也就是胡枝子，因有别名"萩宫"。每年秋天有萩祭，人们将和歌写在长笺上，缚于开满秀气的蝶形小花的胡枝子柔条，摇曳有风致。染井旁有一株连香树，春来萌生的新叶是极幼嫩的绿。因为叶片是心形，这株树又叫"爱之木"。梨木神社有"萩之会"，秀树是首任会长。他说，梨木神社是绿色的，看上去很美。《旅人》中说，他是在岳父身边学习的俳句与和歌，这些兴趣也有赖于他童年时期接受的汉文教养。

时移世易，前些年，梨木神社竟因经费不足，而将境内部分土地使用权让渡房地产公司。那里很快建成一座新公寓，紧挨着秀树的歌碑。下鸭神社也有相似境遇，经济困难，不得不在境内建公寓。神社讲究"清洁"，避忌"死亡""污秽"，因此不像寺院那样可以通过卖墓地赚钱。

秀树四十二岁时获得诺贝尔奖，《旅人》的末尾写了他发现介子的思考过程，很平静的叙述，甚至还闲笔写到妻子在晴朗的秋日为他诞下第二个孩子。那段时间,他睡在一间小房内,枕边有笔记簿,一有想法就随时记录下来。他似乎看到一丝微光,再用力走一段也许就能找到出口。回忆到这里戛然而止,没有一笔提及获奖后的盛名、荣誉。结尾是这样一句:

> 我觉得自己像是一个在山坡顶上一家小茶馆里歇脚的旅人。这时我并不去考虑前面是否还有更多的山山水水。

日人该有多么喜欢"旅人"这个意象?松尾芭蕉、小林一茶、与谢芜村、竹久梦二……他们的作品中都反复提到"旅人",后人也乐于追随他们的行迹,重温他们的路途。汤川秀树说自己最不喜欢旅行,对出国也毫无兴趣,连坐京阪线都觉得辗转劳累。但他在学问的路途上走了很远,从汉学到数学,到庄子,到物理学。晚年他参加世界和平运动大会,呼吁和平利用原子能。胡兰成到日本后也与他有交游,并在文中提到自己试图将数学、物理学与中国传统文化结合起来。我不想评价胡兰成,不喜欢他夸张玄虚的语调,也不喜欢他的书法,如果那样的字称得上是书法的话。读过《三十三年梦》(朱天心著),也觉得不可思议,他会对人产生那样深刻的影响。

汤川秀树在照片里的形象多是宽额、圆框眼镜，不苟言笑，非常严肃。他说自己筷子握得不好，外国客人随他一起去吃日式料理，总要他表演正确使用筷子的方法。他不得不携妻子同往，让客人们跟她学习。不久客人们都会正确使用筷子，而他依然很笨拙。又说雨天与妻子登山赏樱，他像单身一人时大步前行。转身时忽而见到身穿紫色外衣、足蹬木屐的妻子正拼命攀爬，他想，自己不再是孤独的旅人，因为有了一个需要照顾的伴侣，以及一个会照顾自己的伴侣。

- 5 -

每至春天，很容易陷入茫然，也许是万物复苏的季节促使自己重新考虑，未来的路途如何继续。这过程很痛苦，很容易反复自责，濒临放弃。好像不能有更多的希望，那些都是痴人说梦。

2011年春，从原先的银阁寺附近搬到北白川畔。每天上下学都会路过人文研分馆，闻见松柏清气。小白楼西面是贝冢茂树的宅邸，庭园幽深。南侧是朋友书店分店，朋友书店依傍着大学与人文研，藏书据说不可胜数。

没有课的黄昏，偶尔会去梨木神社的染井旁汲水，用二升的塑料瓶装回来煮茶。花影寂寂，我往往在绿色的空气里伫立良久。又想到《旅人》里的内容，那种明明什么都没有思考，却仿佛有东西逐渐清明的感觉又出现了。抱着水在城中小径上飞奔，夜色降临，风落在脸上，还有星月的光辉。想到高中时夜里放学回家，长街空寂，总是会飞快骑车，好像要把什么狠狠甩在身后。那一刻的无力感很强烈，仿佛随时都有坍塌的可能。但也是最自由的时候，头脑明晰，内心呼啸。无比惊慌又无比享用，因为知道身体里另一个自己还用力活着。

数年过去，又搬过几回家，最后搬到人文研分馆——也就是分馆以南的山中，平常穿过小巷，走两步就到了馆内，不再奔跑。渐渐熟悉分馆内外的植物，春天北白川畔有很好的樱花与垂柳，暮春是紫藤，秋天庭内开满桂花，冬天香橼与火棘有明亮的好颜色。墙内还有几株高高的棕榈，颇有异域风情，冷天会裹上一层稻草外衣过冬，台风天也会绑上稻草绳固定。每周参加分馆的研究班，书库内没有空调，冬天寒冷，夏天异常闷热。因而冬天常常感冒，夏天又险些中暑。老师们称冬天是"寒稽古"，夏天时人人都拿把写了"纳凉"字样的团扇。据说从前除夕当日仍会有研究班，"研究者没有假期"，老师们说，"现在比从前宽松多了"。

读吉川幸次郎1966年11月的演讲录，他强调"博览群书"的重要性，不仅文学研究需要如此，史学研究同样需要。

他举了亡友——元史、清史研究者安部健夫的例子，说安部曾买下胡祗遹撰、1923年河南官书局刊三怡堂丛书本《紫山大全集》二十六卷。此书对吉川研究元代戏曲史大有帮助，也是安部研究元代社会史及经济史的重要资料。提起前辈学者，常常会说其阅读量"宏富惊人，乃至恐怖"。我们就要在那惊人、恐怖的渊博之海中消化他们的智慧，寻找自己的路途。

新居离王国维从前住过的地方近在咫尺，当然旧邸早已不存。常常走到半山，远眺分馆的尖顶与东山绵延的曲线。8月16日，五山送火的晚上，附近居民也都聚集在半山，点燃的"大"字看得十分真切，分馆的轮廓也被照亮。老师们总说，小白楼分馆的塔尖才是看五山送火最好的制高点，每座山都能看清楚。再走出去一段，是金戒光明寺所在的黑谷，紫云山中有小川琢治墓，碑文是长子芳树1958年所书，"小川氏之先，近江人也，世食纪伊藩禄"云云。之后顺次介绍小川驹橘、琢治并琢治的五子二女。曾在元旦携从周访墓，拨开茂密的松枝，抚着石碑斑驳的字迹，逐一释读。昔日芜杂的兴趣被不断收敛，依然走在没有尽头的幽深小径。

2011年4月27日初稿
2017年12月13日二稿

重庆往事

2005年秋天,我来到重庆,在那里念了四年书。后来走得很远,只回去过两次。一次是2010年暑假,与从周故地重游;一次是2016年春天,为了宣传新书,住了两个晚上。少年时去过的地方,当时或许不经心,时间越久,记忆竟越清晰。有一天晚上,偶然听到白水一曲《花拾叁楼主人》,幽渺寂静,以川音曼声吟诵,心里一惊,才意识到对于西南,或许也有称得上是乡愁的感情。

而回忆偏如散珠,稍一惊动,就遍地抛滚,难成片段。就先从与音乐有关的说起。大一时,跟一位师姐去汉服社。那时汉服刚兴起没多久,衣服都很简陋,概念也粗糙。汉服社大部分是本地人,对我这个外地来的学生非常和善。大约过了一年,也交了几位不错的朋友,有空会小聚,找个滨江茶馆打打麻将,我不会,就在边上喝茶。某回山里突然暴雨大作，半晌不停。有人渐坐不住，离了牌桌，说什么也要冒雨回家了。如是又走了两三个。我的学校在荒僻的山里，轻易走不了，只好傍着竹窗，望江烟一色，不辨天地。茶水冲至淡而无味，忽而有人不知从哪里取出一管尺八，对着雨界慢悠悠吹起曲子。那人生得方头大耳，嗓门响亮，似有几分江湖气，牌桌上很利索，而为人文雅，大家喊他佳翁。我从来不知他会尺八，隔了丈远呆呆听着，雨仍不止。

后来一天，他们几个说要去缙云山小住。我得上课，去不了。问他们做什么去，答说找个农家院打牌。他们不论到哪里，只要有牌桌就好。

再见面是几个月后，刚好有家日本艺术团到某大学公演谣曲。十多年前，重庆文化活动不多，远不如北京、上海。本地报纸常常痛心疾首说，我们直辖市，不能做文化沙漠。因此哪怕再没名气的演出，都能令人激动好久。我们约在会场碰头，佳翁这天带了几根尺八来，想散场后上前讨教。台上有位吹龙笛的老妇人，身边一只布袋装了几十管长短不一的竹笛。新起一支曲子，便端端正正换根笛子。场内闹哄哄，那时候我也不大能欣赏日本的传统乐曲，他们咿咿呀呀唱的，也全然不懂。

佳翁很佩服那老妇人，说吹得好，也佩服那一大袋笛子。散场后，我们挤到后台，把佳翁推上前，对方正在卸妆，有些无措。佳翁不知怎么突然腼腆极了，扭扭捏捏从包里取出一管尺八，请他们指点自制的乐器形制如何。一位枯瘦的老人请佳翁吹一曲，渐渐围上来不少人。佳翁呜呜咽咽吹了半支，有些断续。后台足音杂沓，加上语言不通，此番交流并不成功。我们退出来，默默走了好长一段路，人潮终于退去。走到一片大湖边，月影沉璧，松风满怀。大家站定，呆望粼粼波光。佳翁开始吹曲子。这一次听得非常真切，每一个细微的转音都送至耳际。曲罢一静，佳翁笑说，这是新做的一根，竹子就是前几月刚从缙云山砍的。那是我最后一次听佳翁吹尺八。人事丛脞，日后就是打牌也聚不齐，朋友们慢慢散了。

重庆似乎诗人很多，不说官方民间大小若干诗歌协会，就是在茶馆打牌时，也常常能碰着一两个。当然要用重庆话念，吟哦顿挫，宾主陶醉。重庆话很有趣，在诙谐的本领上，或许东北方言可与之媲美。

曾有一位师兄，是万州人，爱写诗，总想把重庆美好的事物呈现给我，带我吃过不少本地美食，也热衷拉我去见他一些神奇的朋友。当中有一位在公检法机构工作的中年人，平头，胡茬深青，满脸横肉，挤出刀刻似的褶子。师兄喊他楚局长。他也写诗，歌咏风花雪月，笔致细腻。休息日打印一叠诗稿拿给我们看。我不写诗，对现代诗毫无鉴赏力，却有刻薄的兴致，翻了半天也不愿赞美一句。楚局长丝毫不介意，跟我们聊工作，讲近来的案子。说有个年轻人，杀了几个女人，烹煮食尽，落网时犹回味不已，说某某部位最好吃，某某部位很难吃。我从来没听说过如此暴力血腥又有些色情意味的恐怖故事，非常震惊。又说一个偷儿，当街对一老太太下手，老太太反手两掌批颊，喝道：看清楚！我是你老大某某某的妈！偷儿吓傻，跪地赔罪。这个故事我是信的，因为刚来重庆时就领教过本地小偷的身手。从渝北校区乘车去江北的路上，刚买没多久的粉色滑盖手机（母亲暑假刚刚赠送的礼物，可惜不记得是什么牌子，大约是TCL）无声无息消失了。含恨买了一部新诺基亚，那还是诺基亚极受欢迎的年代。新手机与我相处两年，也在公交车上与我断绝缘分，小偷下车后朝我隔窗挥了挥手机。我很奇怪：他的手机怎么跟我的一样呀。后来才回过神，那一刻他该有多得意。楚局长要能写写这些奇闻，应该比写诗好看得多。不过他摇头说没意思，"一点都不好耍"。当时他很想自费出本诗集，与万州师兄商谈了许多细节，也不知后来是否如愿。

不久便不愿意跟着万州师兄出去玩，推说自己太忙。而师兄恰也毕业离校，先是去东莞法院实习，又在遥远的城口县法院工作了两年。他每次回城，一次比一次瘦，且更黑，方言沾染了城口腔调。称回城为"上来"，去城口为"下去"。

那时他尚有一些天真的理想,将彼处种种奇闻事无巨细地讲给我听,希望我写一部小说,目的在于"让更多人晓得山里头的生存状况"。他说城口二十五万人,城镇居民六万,贫富悬殊,治安还好。每天就处理一些简单纠纷,法院审得最多的案子,你猜是啥?我猜不到。他讲,离婚诉讼。那里离婚的人好多。很多女娃娃早早嫁人,其实很惨。问他如何惨,他说,才二十岁出头,已经生了好几个娃娃,自己还是娃娃,男人遭矿难死了,或者落了残疾,都常常打离婚官司。我不晓得他说得是否夸张,但在当时的我听来无疑非常震撼。不知道该怎么办,"写一部小说",是他给我的建议。那时他相信小说打动人心的作用,还说希望我去他那里看看——非常传统的"采风"写作模式。我当时被他的仆仆风尘打动,真的立刻写了一个小说的开头。但后来没有写下去,辜负了他的期望。

  我毕业后,万州师兄回到重庆市内某所检察院工作,升迁很快,也有了妻儿。前年初春回重庆时,见了他一面。重庆的地铁真的修好了,读大学最后几年,到处都是中铁六局的招牌,懒洋洋的挖掘机与似乎半途而废的混凝土装置让我屡屡怀疑工期是否无限长。双龙、回兴、长福路、翠云、园博园、鸳鸯、金童路——在三号线内回复师兄短信:"我到某某站了。"啊翠云,必然是翠云水煮鱼的翠云,是读书时难得一去的好馆子，水煮鱼与红油兔肉饺印象多么深刻。

在红旗河沟换六号线，到江北城。哦江北，阳光城，读书时乘报废再利用的中巴车无数次来过的市区，现在可以搭地铁。那中巴车从两路开来，路过大学前门与后门，飞奔向江北。售票员总将身体挂在车门边，拿一块写了"阳光城"三个红字的白漆牌子用力拍打车身，沙哑着嗓子大声说："阳光城、阳光城，五块钱、五块钱！"虽然学校多次提醒我们不要搭乘那趟危险的车，新闻也总有非正规中巴发生种种事故的报道，但生活在荒郊野岭的我们很难离开这种班次频繁、票价低廉的车。夏天很热，车常常自燃，司机与售票员会非常老练地组织乘客下车，大家也不以为怪，看着滚滚黑烟里的大车很快变成骨架。不多久会有下一辆中巴来接走乘客。大约二十分钟，就能到阳光城，车停在小山坡上。不远处是远东百货、北城天街、新世纪百货、重庆百货。同行的肯定有同宿舍的好友琦君，她是南坪人，教我说标准重庆话，让我不要学万州师兄的万州话。"万州话很侉，很好笑，千万不能学。"她举了几个例子，比如万州话将"白菜"的"白"读作"别"，"番茄"的"茄"读作发音很扁的"瘸"。"太好耍了。"她说，也当着万州师兄的面说。万州师兄笑眯眯承认，并教我们更多"很侉"的万州话。

当年报废再利用的中巴车应该绝迹了吧？见到万州师兄

第一面，就问他。他也不知道，说应该是。他像读书时一样，买了路边小摊削好的洁白荸荠给我吃，又给我看他妻儿的照片。街上热闹极了，天街的店铺比我读书时洋气了不知多少，香港城旁边的乡村基餐厅居然仍在。师兄白白胖胖，收拾得很干净，看起来是成功的公务员。聊了一会儿天，知道他内在也是如此，堪称知行合一。他同情我还没有毕业，说我"憔悴很多"。我没有和他一起吃饭，他也应该回去陪伴妻儿。

第二天中午，见到了琦君夫妇，她怀孕五个月。仿佛和从前没有什么变化，又一起逛了天街，只是身后多了各自的伴侣。我们大学时几乎形影不离，那时重庆有许多独特精致的书店，最常去解放碑的精典书店，我们说那里是"沙漠绿洲"。沙坪坝老校区附近也有一些小书店，还会去杨公桥下的旧书街，但那里环境混乱，我们都不敢多作逗留。

刚进大学时，不好好上本专业课，却想去其他学校旁听。那座学校在北碚，离我学校很远，我对北碚很有好感。早上5点半要起来，乘狂奔的破公交到城郊转高速大巴，这才赶得上早晨那节课。年轻时不怕浪费时间，做什么事都天经地义。那样莽撞的热情，后来就没有了。

毕业前一年，学院一行人到北碚山中春游。为免门票，集体自后山抄近路。藤蔓丛生，荆棘遍野，很不好走。半山有农家，土墙蜂洞密布。有同学捉了蜜蜂，拦腰掰开，一咬一口蜜，我不敢捉。小园里，橘树开满洁白喷香的花朵，肥硕的毛虫一撅一拱吃叶子。漫山都是扁竹根，秀气的浅紫色蝴蝶一样的花朵。还有鱼腥草，也就是折耳根，开着洁净的白花。我们沿途拔了不少，叶片就闻闻味道，随手抛弃，留下根茎握成一束，说要晚上凉拌。也是到重庆才认识这种个性独特的植物，有一回在一位老师家，师母用白酒凉拌鱼腥草根茎与花生米，大家都笑着逗我吃，为了表示"这有什么稀奇"，也就故作平静地吃了。日后到京都，指着这种别名"地狱荞麦"的植物对本地人说，从前在重庆吃过这个，用白酒凉拌，有浓烈而奇妙的味道，大家总觉惊奇。听说寺庙的僧人会采集鱼腥草，晾干后是一味药材，名作"十药"，收入日本药局方，煎液有利尿之用，亦可预防高血压及动脉硬化。

走了半天路，来到山中一户预订好的农家乐，吃新煮的豆花与新杀的鸡，青花椒油碟很美味。下午到夜里一直打牌。山里天黑得早，入夜只有满耳竹声与松涛，簌簌如豪雨。主人家在廊下点了布面灯笼，摇摇曳曳倾泻一地光影。不知怎么众人都不舍得睡觉，眼皮沉极了，手里牌还不停。我与另一拨人玩当时很流行的杀人游戏。开始总是输，琦君提醒我褪去手上镯环，这才渐渐好些。半夜众人都叫饿，问主人有无余粮，答道只有清水面。大家呼啦涌到厨房，都说好。煮了一大锅，添了半棵大白菜，撒盐、浇酱油、蘸辣椒，热热闹闹吃得精光，都觉得好吃极了。除琦君之外，如今与大学同学几乎没有任何联系，这是记忆里最浓烈的一场欢聚，告诉我的确有过集体生活。

重庆山水奇崛，许多清物。街边小摊卖削好的荸荠，码得整整齐齐。4月初，黄桷树叶忽然之间一夜落尽，又一夜遍生新叶。栀子开满山谷，街市上一大捆只要一块钱。和冬天的蜡梅一样，都从山里斫来，毫不吝惜。黄桷兰花期很长，细钢丝串一束，别在襟上。盛夏的茉莉肥白清香，棉线串了好长一大串，妇人挑在细竹上沿街售卖，可以挂在手腕或脖子上。竹筐担来梁平柚与新鲜山竹沾满雨气，还有鲜艳的红毛丹，点亮重庆灰蒙蒙的漫长雨季。万州师兄总爱买梁平柚给我吃，看小贩用竹刀流利地划开柚皮，剥出完整的大柚子。师兄说在他的故乡，也有许多美味的水果。他总希望我多看一看重庆，但我最远只去过钓鱼城，还是大三时汉服社的姐姐开车带我去玩耍。朦胧而潮湿的春日，山里开满紫色泡桐花与藤花，她们给我穿一件祭祀用的浅紫色披风，但那时我已转而喜爱明代衣装，并对"汉服运动"敬而远之。那时还剪着短发，梳不成髻子，很随意地混在人群里，灌了满袖山中的凉风，那也是最后一次参加汉服社的活动。

前年春天，参加方所书店的卖书活动时，看到观众席上昔年汉服社的姐姐与遥远的旧识，时光在他们身上仿佛毫无痕迹。他们还如当年那般，在人群里亭亭立着，有人甚至还背了一把剑——或许是箫。主持人有些紧张，但我认识他们。隔着人群，听到他们朗声问，如何看待日本文化的保存，对汉文化保存的借鉴意义……脑海空白，大约是这样的问题。我也没有仔细回答，说了一些空洞又无伤大雅的话，他们一定不会满意。看到他们友好而真挚的目光，难免觉得抱歉。

友人曾在荒芜的弹子石老街，看到一堵水泥墙上几行歪歪斜斜的粉笔字："小酒窝，棉花糖，让我为你，唱一首歌。"不知何人所为，亦不知什么来历，发给我看，印象很深刻，好像就能听到老街深处传来儿童的歌谣。我已不似读书时，会讲很标准的重庆主城区方言、能吃各种辛辣的食物。前些年暑假回去，肠胃炎大作，从此不得不与红油火锅作别。万州师兄说，重庆火锅如今有了许多新花样，比如片得极薄的"功夫土豆片"，很想尝一尝。想尝的远不止这些，但不能罗列，生怕太想念。何日更重游？渺茫无着的情绪难以化解，仿佛江上与山中经年不散的雾气。

2013年2月22日初稿

2018年1月12日二稿

何月不照人

- 1 -

行人熙攘的修善寺，方寸之地，中庭开有红、白二色梅花。一对新婚旅行的夫妇，男子穿乌黑长风衣，女人着梅红织金和服，外罩银白竹叶纹长褂，脖上围了一圈质地松软的皮毛，温顺地跟在丈夫身旁，亦步亦趋，听寺里僧人讲解种种旧事。寺外流水红桥，山麓遍生丛竹，颇类岚山脚下的桂川、渡月桥与竹海，得"小京都"之称，亦无不可。而从京都来的我，若非此地曾是伊豆舞女歇脚之所，川端康成也曾在此留宿一晚，恐怕不愿长途跋涉，特来瞻望。

伊豆半岛在静冈县东部，东京以西。西岸是骏河湾，东岸为相模湾，曾属东海道的伊豆国，多火山与地震，全境温泉涌动，是著名的旅游胜地。而交通颇不便，只有东部沿海设铁道，西岸与中部全靠公交车。从京都乘东海道新干线，入静冈县内，一路都能看到富士山。那山似乎无甚出奇。而很长时间过去，以新干线的速度，其余风景早变幻千万，山仍在那里，显露洁白覆雪的巅峰，是各种画作里描绘无数遍的安详姿态。夜里宿在东南海边的旅馆，从中部的修善寺过去，除了穿山的巴士之外，就只能先坐短途列车回到伊豆北端的三岛，再搭乘东岸的电车。相同道路反复行走略觉无趣，遂选定前者。

步行数公里，终于在山脚的水岸找到公交车站。四下无人，水声响亮。此地气温比京都高出不少，虽才2月初，却如京都3月上旬的天气。四周浮满蜡梅、水仙、梅花的清冷香气。

川端康成在二十二岁的夏天，曾漫行伊豆半岛。宿在中部的汤岛温泉，邂逅行脚的少年、舞女。"美丽的少年、舞女如彗星，从修善寺到下田的一路风物，都如其拉长的尾光，在我记忆中熠熠生辉。"四年后检点箧衍，单取少女的篇章，乃成《伊豆的舞女》。"在我的作品中，再没有哪部如《伊豆的舞女》这样坦率。与舞女的相遇是必然还是偶然？我不知道。是偶然，也是必然。"文中羞涩善良的少年，被少女评作"是个好人"。同少女告别后，在船舱内止不住流下眼泪。

事实上，川端的确为少女流过眼泪。回忆录中写着："在下田旅舍的窗前，在船中，想起被她说成好人的满足，以及对她的好感，流下喜悦的泪水。如今回想，恍如一梦。那时候还太年轻。"这与数年后《雪国》中冷漠放浪的岛村全不同。写《雪国》时，川端已结婚。他自小父母双亡，姐姐、祖父母随后亦相继故去。畸零人冷眼处世，终生不离孤儿本性，对妻子也一贯少有温情，宁愿常年旅居。汤岛温泉是他住过最久的旅馆，说那里是"我的第二故乡，想来无异于乡愁"。1972年，七十三岁的川端在神奈川逗子码头的公寓饮瓦斯自杀。其妻秀子直到2002年秋初方以九十五岁高龄辞世，一生沉默。

巴士从修善寺出发，翻越天城山岭，途经汤岛，终点在南部的河津。车来时，乘客寥寥。一路盘山而上，天光黯淡，幽谷深邃。极目重峦叠嶂，梯田种满山葵与茶树，路边偶尔有山葵冰激凌的招牌，小旗幡略略褪色，会是什么味道？

汤岛温泉那站过后，车内乘客只剩三名。过净莲泷，司机道，前面就是天城岭，记得《翻越天城》吗？石川小百合的名曲，"凌乱寝具，隐蔽之宿。净莲之瀑九十道弯"，"想与你一起越过，天城岭"，"开口就是别离，好似碎玻璃刺痛"，"好恨好恨，却难以自拔"。演歌的黄金时代早已远去，现今轻盈明亮的曲子，再无激烈刻骨的欲望。抱吉他弹唱的青春少女，讲太阳底下的轻愁浅恨，和过去华丽和服、艳妆出场、跻身黑道的大姐本属殊异之途。

那年初夏，去台北见她。坐雨天的缆车，身下绿海，周遭开满洁白油桐花。她俯身贪看，忽而流下眼泪。同车有台湾姑娘轻声道："这就是五月雪呀，现在气候异常，开得好早耶。"到山中茶楼，远望无尽翠屏，仍有眼泪。我默默煮茶，没有话。那桐花很好，层叠落了一地，走过的人毫不顾惜。她说："不知为何心中难过。"我也常这样问自己，当然没有答案。临窗看到山坡田野种着桃树、红薯、芋头，以及很多陌生的南方植物。屋角一只蜘蛛，垂下长丝，又溜上去，荡漾着。

我与她认识多年，尝试过许多称呼：姐妹、某君、某兄。后来一切省去，就如第一人称是不必要，二人如镜中观照，本就无法称呼。

在天城岭前一站下车，司机嘱咐万不可错过下一班车，即一小时后的末班车。否则荒郊野岭，信号不通，报警也难。前面就是《伊豆的舞女》中"通往南伊豆"的"阴暗的隧道"。山间道路蜿蜒，杉木高耸，枯藤缠绕，高天有鸦群与苍鹰。日本有许多废弃的隧道，是开国初期发展铁路工业与垦荒的遗迹，尤以荒凉的北海道与经济滞后的东北地区为多。天城山旧隧道修成于1904年，作为打通伊豆南北的要道，交通一度十分兴旺。20世纪70年代在附近国道修成全新的行车隧道，旧地便完全成为旅游场所，以及种种鬼怪传说的舞台。

半小时过后，仍未看见隧道。前后群山沉默，谷中流泉清冷。天色更苍茫，不免心中忐忑。但此时折回，也很不甘。头顶树梢一阵窸窣，两只松鼠飞快蹿过。山路一转，石砌隧道就在眼前。前日无意听说此处的妖怪传说，当时一笑而过，无非是车辆穿过、车窗印满手掌之类常见的套路。来到洞口，想起千寻穿过黑暗，抵达陌生世界，尚不觉恐怖。川端小说里，也是一笔带过，未见渲染。

而迈出第一步，双耳一静，凉意袭来。隧道内错落装有灯盏，幽光晦暗，只能照亮小块石壁。四百余米外的出口异常遥远。又走几步，忍不住回头，啊不可以回头，入口仿佛也难以触及。冰凉的水滴从顶上滴滴答答渗落下来，地上有一摊一摊的水迹。一时想不明白为什么自己非要辗转到这里，并不是因为对川端的那篇小说有执着的兴趣，也不是为了探险。我很胆小，最不喜欢听神怪故事。小时候《聊斋》也不敢读，书要放得很远，战战兢兢翻几页，方便随时丢开。也不敢看字典里有"骨"的那一页，因为画了一具细致的骷髅。但现在居然在这里，穿越半个伊豆，来到腹地的高山。

刚念大学时，有一天受了学校的委屈，夜中负气，茫然走到几公里外的野山中。月光倾泻，满地银霜。山很高，是眼前唯一可望的目标，拼命往上爬。荆棘刺痛，完全不以为意。就这样到了山顶，学校在遥远处，灯火温馨，璀璨如水晶城。天河浩荡，江水静默。高速公路穿山而过，车影如游鱼曳尾，十分可爱。风景看罢，才回顾己身。灌木茂密，乱石堆叠，可有凶兽、幽灵、恶人？立时发根直竖。天上修行的少年，随仙家看玉树瑶台，饮露餐风，不知生死与哀愁。因为无我即无烦恼。一旦意识到"我"，就有欲望、喜悦、怀疑、痛苦。胆战心惊，万幸安全下山，热闹市场就在眼前，烧烤摊、水果铺，污水满地，男女调笑。我穿过人群，非常平静地在路边烧烤摊坐下，烤茄子、烤韭菜、烤鸡腿菇、烤香肠，默默大吃一通，歇口气，回到褪去光华的凡俗水晶城。

许多时候，全无缘由，仿佛一走神的工夫，忽而惊觉自己在陌生境地。终于难耐惊恐，立刻返身，狂奔出洞口。好在没有遭遇传说中无法抵达的彼岸。凉风暮色，群鸟归巢，全无异象，作怪的只是自己一颗心。近百年前川端急匆匆路过此地，要去追赶前方脚力甚健、忙于赶路的少女，哪里会害怕，只是期待罢了。那么，去看一眼那边的山色也好。

那年与她去花莲。台北出发的沿海列车里，她握着我的手，唱了许多歌。一边是碧海，一边是青山，两边云气判然有别。一边洁白轻柔，一边缥缈深沉。田野有椰子、凤梨、香蕉。碧绿稻田一块一块。梦中的少年，愉快又痛苦。到达花莲，潮湿闷热，烈日当头，没有莲花。突然感冒，喷嚏不停,脚步虚浮。她不停地问我怎么了,要不要紧,去不去医院。在路边药店找药,仔细询问坐诊药剂师,阅读成分说明,犹豫不决,才买了一种。我头昏脑涨,任她忙碌,听她嘱咐吃了药。她忧心忡忡,不停地试我额头。像私奔途中忽出意外的那方,我十分抱歉。跟她走到空旷街中,用自己听着也陌生的声音说:"这里好像我的家乡。"

"空气像,植物像,空旷冷落的样子也像。"我继续说。

她点点头。我们的家乡距离甚远,相识是在北京。走错路,她不愿问人。最终无法,还是轻声询问路人。方向果然完全相反。她焦虑,羞惭,抱歉,不知所措。男人常笑女人斤斤计较,当面笑眯眯,私下多谤言,不比他们直接爽快。只是薄情、无知本与性别无关,女性发声机会素来少,也不必用异性的价值观反省自身。有位一起吃饭谈天、嬉笑玩乐的闺友已属难得。我与她不在此列,因为难见面,来不及深入日常,即面临长久的分别。离开言语、文字的交流,我们的日常相处常常进退失据。世上感情,异性或拟态异性的吸引相悦、阴阳相交,可牵手、拥抱、接吻,皆出自天然。因此情到浓时,可肉体交缠,消耗激情,回归理智。那么精神缺口如何填补?如果是两个缺口,又互相吸引,就像两面镜子,彼此观照,是无止境的黑洞。痛苦、快乐、纠缠、悲哀、疑惑,都是双倍。

她拉我在便利店买关东煮与水果，狼吞虎咽。药力起作用，感冒症状减轻，只是困倦。决定搭船去太平洋看海豚。海水在阳光下荡漾，船身颠簸起伏。她问我天上一痕很淡的迹子是什么，好像月亮。我说那正是月亮。出现得这样早，是因为上弦月在黄昏，"人约黄昏后"，讲的是上弦月。她要我拍一张月亮的照片。我拿过她的手机，海浪起伏，令我始终无法按下确定键。无边的海水，身旁的清蓝渐渐过渡成远方的深蓝，与天相接，不辨分界。码头、城市都已远去，没有行迹，所见只有海水。她突然握紧我的手："好了，不拍了，你快坐下。"我们默默看那片月亮，太阳还在天上，光线晃眼。

　　海豚成群结队跃出海面。画面中常见的景象，当下仿佛触手可及，情不自禁赞叹。海风吹来，头脑一冷。那么大的海，它们悠游其间，我们哪是来乘船取乐，不过是来看天地多苍茫，肉身多渺小。

　　尽兴回岸，骑车漫游。华灯初上，满街机车飞驰。她骑得飞快，并敢于闯红灯。我心惊胆战，只有一路紧跟。坡道漫长，天上不时有小型军用飞机呼啸而过，据说此地有空军基地。似乎已到郊外，灯光晦暗，车辆飞驰。翻过长坡，即夜市。一家换一家吃，邻桌有女人跟两位女伴抱怨感情种种不顺。

我看台湾，觉得处处眼熟，许多地方与大陆南方城市相近。夜市的食物不见得多美味，二人像玩累的少年，衬衫汗湿，裙子耷拉，无谓地吹着昏热的晚风。归途买了半个西瓜、一袋莲雾、一串提子。穿过高架桥下，是一条狭窄的长路。她又在前面飞快蹬车。机车迅速掠过身侧。只是拼命朝前骑，看不见所有。

曾有一年暑假，北京特大暴雨，偏偏携了一束百合去西单见她。告别时满城积水盈尺，没过膝盖。只有在路肩上走。她在前头，我紧跟在后，即如这夜。伞没有用，流水激荡，从身边浩浩而过。看着她的背影，很平静。花莲的夜晚，浮云散尽。升到中天的上弦月，不再如润湿的珠泪，略大于半圆，尚未完满，却十分清凉，几可形容作慈悲。长久仰望，二人轻声评论，说像银盘，像灯笼，像蒸鲈鱼的蒜瓣。

就是一条隧道而已，年久失修，因而晦暗。种种相遇，无须解释，只当路过，只当同行。洞口徘徊片刻，转又踏入。琥珀川告诫千寻，不要回头。不过当真回头，也是平常景象。我频频回顾，重复确认，倒还心安。心中动摇，恐惧之念即要增长，便默算已走的距离，大约过了一半，五分之三，三分之二。拱形出口越来越近，入口则如初时所见的出口一般逐渐缩小。常有艰难时刻，劝告自己，安慰自己，忍一忍就好了。若安全度过这段，下次一定如何补偿。而人的修复能力如何强大，记忆又如何脆弱。的确很快发现，那天大的事不过如此，达成之后的快乐也不值一提。天光骤亮，隧道结束，山路继续，还是同一世界。正是如此，以为天大的事，不越过不甘心，越过才知无有新天新地。然而非越过不可，才能相信，才能一笑而已。

距离末班车抵达只余十五分钟，远眺几眼，立刻转身。走出隧道，拔足狂奔。如果她在，或许比我奔得更快。坡道渐陡，步速加快，不由张开双臂，看得到我吗，你说要去看虎丘的梅花，也看到了吗？开得可好？

巴士如约而至，车内空荡，窗外夜色渐起，新修隧道灯火通明。我已越过天城山，那歌里唱：流水潺潺，迷惘爱恋，阵风吹拂，天城隧道。好恨呀，好恨，实在难以自拔。

- 3 -

到河津已是夜里，此地临海，气候温暖。天城山中而来的河津川一路南下，汇入相模湾。近海的一段，两岸遍植樱树，2月初开两分，中旬即是浓分梅色，冉冉春青。数里长堤，观者如堵。夜色中不见花影。车站种有一排水仙，清香流溢。窗口竹篮盛有数枝河津樱，颜色比染井吉野樱稍浓，花朵更密。过夜的旅舍在河津以北的热川，山道崎岖，旅馆林立，一眼大泉汩汩不息，热气蒸腾，缭绕不散。城内有热带植物园，各处种满香蕉与木瓜，一派南国风光。旅舍庭前两株大白梅，屋后蜡梅，遍地水仙，樱花比河津开得更多。问女主人："海远吗？"她手一指，笑说："好近。不过这位远来的客人，还是先吃了晚饭，洗去仆仆风尘，再去看海吧。"

故乡的海浑黄黯淡，而入海的长江极壮阔，潮来天地青，令凡人静默。沙滩多螃蜞、青蟹、文蛤等类，虽难称丰富，却是从小驯熟的滋味。

旅馆外下山的小路，隔一段就有海拔标记，提醒注意海啸。滚热的温泉口搭有小神社，可以煮鸡蛋。周围生满茂密的热带植物，水仙丛中堆满漂亮的贝壳与海螺。酒馆暖帘招摇，门内似有笑语。群猫无声聚拢，盘踞道中各处，向冒昧的旅人投来平静的目光。空气中能闻见海水潮湿的气息，灯下开着樱花。店铺陈旧，全是昭和风格，多半闭门。几家游戏厅开着，一群少年或青年，玩弹珠与投球。经营者全是老人，微笑旁观。见我张望，即出门招呼。我道，要去看海。老人笑，海呀，马上就能看到。果然，山道忽转，海岸突然在眼前。潮声雄浑，骏黑一片。缓慢靠近，看清岸边堆着的铁锚与水泥墩，还有粗圆的断木与不成形的朽板，或是去年台风的痕迹。

在花莲，说好次日一早去七星潭。半夜不舍得睡，新鲜又兴奋，躺下又起来，饮尽小瓶产自台南的小米酒。凌晨，各家电视台不是闹哄哄的新闻，就是笃悠悠的佛法讲经。她说饿，我也觉得饿，于是相偕去便利店。月已隐去，有星光。路边开着台湾百合、栀子、九重葛，一墙金银花迎面而至，香气可掬。天慢慢亮了，原定时间一到，铃声大作。她在枕畔闭目轻语。我急忙关掉闹钟。如是者三，待她惺忪醒来，已近正午。她霍然而起，怪我如何不叫醒她，说好的海呢，说好的七星潭，还有太鲁阁。我不作声，怎么忍心唤醒。看不看海，都不重要，哪舍得相守的一时安乐。

夜里的海很陌生，像梦中光景，想靠近，又慑于其巨大的吸引力。白色海浪周而复始冲上沙滩，忽见一团黑影紧贴潮头，竟是一只黑猫。步履从容，似已熟谙海潮节奏，浪潮退下，便趋向海水略走两步。潮又涌来，则淡然退离，消失于茫茫夜色。

枕着无边海潮睡下，想起那晚与她所见的好月，仿佛也照彻此夜。

- 4 -

暴雨声中醒来，女主人招呼吃早饭。新割大束水仙，插在竹筒内。

台北的一晚，也是暴雨。赶不上回校的公交，她只好宿在我的旅馆。二人紧挨在狭小木床内，整夜都担心她掉下去。

仍想看海。昨夜的猫在檐下躲雨。鱼店晾着一早的新收获,猫大概知道那不属分内,倒能克制自守。就像奈良的鹿,从不袭击卖鹿仙贝的主人,只会责难远来的游人如何这样不懂礼貌,居然空手而来。一只不满周岁的小黑猫,从花坛里湿漉漉过来,绕身轻啼。我蹲下,它细细的前爪便搭上我的膝盖。

波涛汹涌的岸边,一群青年练习冲浪。新手居多,大部分都在岸边练习划水,只有一人乘浪远去,消失在缥缈海天。雨势减弱,花香转浓。山上橘园果实累累,又落了满地,十分好看。一位老人手持几枝樱花,见我回顾,笑指某处,说园中樱花已开。我却只望见茫茫大雾。老人道:"天气这样,也是无法。如果天晴,你现在就能看到,其实离得很近。要去看吗?我带你。"

但已到了离开的时候,乘沿海线北上。海在极近处,天空黯淡,好像花莲回台北的那趟车。车内确有台湾旅客评论道,看喔看喔,像不像从花莲去宜兰。不断有隧道,她不喜欢隧道,如永夜。更想看海、天空、云与山。年岁增长,许多东西都悄然离去。记忆力、敏锐的洞察力、透明的眼神、年轻的容颜、简单的愉快。有时费尽气力也不能想起一件似乎就在眼前的事,很痛苦,只好放弃,一点线索都没有,头脑一片空白。旅行无法改变生活,冷静与距离,并不比闹哄哄走到某处、拍张纪念照高明许多。

曾寄身北京南城一处小屋。那是间狭窄的屋子,未敢邀她来,似乎是怕落入日常的窠臼,令如天上人一般珍护着的对方,看到俗世深处落魄的自己。偶尔见面,在巨大卖场,人头攒动。找不到想要的那件日用品,索性停了手推车,在角落回忆一支曲子,想到了,一起低声唱。来到食物专柜,买热量很高的点心,许多奶油,愉快地吃。与她交代心愿与期望,渺茫卑微的,遥不可及之感。金色的黄昏,买完书才记得饿,一起吃饭。轻浮的茶房与我们调笑,不慎将热茶打翻,溅她一身。走在外面,冷风刺骨。各自回到家里,收到她的短信,说已到家,换了衣服躺下,暖和起来,翻看白天买的书。我在小小的房子里,也躺着翻书。余温直抵今日,不曾消减。离开北京前终于请她来。煮了冬瓜排骨汤和红豆饭。窗帘没有拉开,光线混沌。一切尚未开始,但似能辨出模糊的鼓动之音。分别后的冬季,对照观星手册看夜空,辨认星座。在教学楼窗口引颈仰视,碧空无际,越来越多的星光落入眼底。

雨止,停车看海。踏过铁索吊桥,来到四千年前火山喷发堆积而成的礁石畔。暴雨后的深蓝大海,雾气浓郁,看不清天与海的界线。鸥鸟与苍鹰盘旋雾海,身形忽隐忽现。趋近悬崖,拍岸惊涛充耳轰鸣,碎裂千堆雪。锁国时代的日本，倾心儒家教化，以此规范君臣父子的秩序，构想宇内太平的盛世。而浮海中的岛国总难避免与外界交通，明清时期私人贸易的商船从未停止往还，当时中国的出版物、书画经商人之手，辗转来到日本京洛地区文人雅士手中，受其珍视与赏玩。大航海时代的葡萄牙人早给日本带去火器与宗教。即便有后来残酷的禁教令，荷兰人的医术与学问还是经由长崎的出岛传至求知者的书斋。19世纪后半叶，美国的黑船舰队惊醒锁国之梦，伊豆最南端的下田成为日本最早开放的港口。被黑船震惊的人们，面对大海，经历磨炼拣选，即有一二开时代之风气者，以惊人锐气面对未知世界。幕末时，伊豆东部设立四门海防大炮，填充炮膛的是本地盛产的硫黄樟脑。随后大炮移往下田，此地空余遗迹。从悬崖向下望去，海潮冲上礁石，洁白壮美。如此往复，永看不厌。

是夜留宿热海，仍旧遍地旅馆。晚上还是到海边散步。港口多游船，海滩平坦。有大风，桅杆咿呀摇曳。远处山头新修了金碧辉煌的热海城。《东京物语》里，老年夫妇被儿女遣到热海旅游。风景虽好，旅馆游客终宵麻将，非常吵闹。次日清晨，二人到海边，同色浴衣的背影，东山千荣子手执团扇一柄，呀，东京也看过了，热海也看过了，我们回家吧。

是啊，回家吧。

那日从油桐花的山谷回到台北市中心。她突然起身说，我不认识你。大步离开。前夜我们才在暴雨声中紧紧搂着唯一的彼此。这一刻她已迅速消失在繁华街头。我茫然四顾，不知置身何处。很久过去，收到她的短信："你是谁呢？虽然不认识你，但今晚月亮真好。"

对她是爱情吗？不，绝非如此。曾经说定，你走过的路，即是我走过的；你看到的，即是我看到的。朝山巡礼的途中，即便独行，也如弘法大师所言，是"二人同行"。与她的共处其实十分短暂，对彼此而言，自己都是"日常之我"，而对方则是"本来之我"。若即若离，永难舍弃。

突然明白，她只是想重新假设一番，看一切是不是真的。看旅途中的倾情与放纵，是不是真的。如果重新开始，如果友谊最早始于凡庸的日常，我们会不会仍然选择彼此，到如此不可分割之境。

不过自我来到狭窄阳台的那一刻起，仰望逼仄长巷顶上一钩大雨洗涤后的皎洁新月，即知这个假设的答案已经有了。庭下如积水空明，水中藻荇交横，盖松柏影也。何夜无月，何处无松柏，但少闲人如我二人也。

2014 年 2 月 7 日滋贺雪晴，光明满室

人情

拜年

明治维新后日本始用新历，正月初一就成了新历1月1日。年末在好友香织家小住，不过她在北京，没有回来，我元旦也不回家，就去她家度岁。年初一香织妈妈归乡省亲，我也跟着一道去。

其实5月时已去过一次。途中看到紫藤，不知多少岁的藤蔓缠住老树，花开在树顶。离树林很近时，紫色花串扑扑掠过车窗。

这个地方有一条河，名字有点怪，叫猪名川，没有桂川、淀川好听。提起这个地方，城里人会说："那是真正的乡下。"从京都南部一路过来，穿过连绵起伏的爱宕山，掠过大阪府的北部区域，就进入群山合围的多田盆地。远远散落着村庄，川流从山中蜿蜒而出，沿着田埂一路流淌。附近有大野山、三草山、妙见山，道路起伏盘旋。密林纵深，路旁竖着牌子：

动物出没，请注意。问有什么动物，香织妈妈说最常见的是鹿、狸、猴子，偶尔还有野猪。

香织妈妈十八岁去大阪念大学之前，一直在这里生活。这一带务农者居多。有种果树、莲藕、草莓的。也有造园的人家，院子里摆一溜盆景，一排石灯。妙见山有信奉日莲宗的真如寺，故而这一带庙庵亦多。山路边随处可见覆满青苔的地藏，或者不知尊号的佛像。她指着山中一片竹林，说那里有她家的墓园，先祖世代归葬于此，每年盂兰盆节会归乡与娘家人一道祭扫。春天山中有竹笋和菌子，小时候哥哥会带她和幼妹一道挖掘采摘。姊妹二人后来嫁到别处，都已冠夫姓，只有兄长与父母留在此地。

一片很陡的山坡上，有一座木结构老屋，就到了香织妈妈的娘家。檐下挂着"福重"的名牌，是她本来的姓氏。门前有大片田野，很浅的溪流淙淙而下，不远处是一屏青山，尽是香织妈妈娘家的祖业。

老屋是传统和式建筑，坐北朝南，院门开在西侧，墙垣外种着南天竺、桂树、山茶。因为是大年初一，门楣上换了崭新的界绳。界绳在日文中写作"注连绳"，在神道教中起到隔开神界与现世的作用，即所谓"结界"。神社内外、旅社门前、古树怪石周围均很常见。级别最高的相扑士亦有资格在腰间佩戴此物。正月，家家户户门前、玄关处亦会更换旧年的界绳。

界绳形态各异，神社常见的是由三股稻草绳顺时针绞缠而成的，间以纸垂——白纸裁叠而成的连续不断的长条。正月的界绳要复杂些，除却稻草、纸垂，还有橘子、蕨草、松枝、镜饼，甚至龙虾、螃蟹，预示新年丰足平安。

院门下有几只燕巢，5月来时刚孵出第一批雏燕，啁啁啾啾很热闹。屋子有两层，石砌地基，走廊颇宽敞，内外两道木格门，外面一道安的是玻璃，里面一道糊和纸。玄关处花瓶内是菊花与南天竹。记得5月时瓶内插的是大束杜鹃与栀子。福重家的媳妇——香织妈妈的嫂子，从厨房掀了暖帘出来，躬身祝福新年好。她一袭粉红的棉袍，绛花裤子，声音脆亮。一时香织妈妈的妹妹、香织妈妈年过八旬的母亲都从厨房里出来。另一边茶室的纸门也拉开，里头是围炉喝茶的男人们。在玄关口拜了半天年，大家才簇拥着进屋。

福重媳妇把我拉到茶室，被炉边坐着的是这家的主人，香织妈妈的父亲。老花镜滑到鼻梁处，正举着报纸隔着老远的距离看。福重媳妇压低声音笑道："爷爷看起来很凶，其实很好！你快坐到被炉里头吧，那儿暖和！"

我正犹豫着要不要坐下来，这位阿公就咳了一声，放下报纸，推了推眼镜，拍拍棉被，说："坐吧！暖和！"我很小声地寒暄了一句"新年好"，就放大胆子坐到被炉里去了。

阿公继续看报纸，眼镜缓缓从鼻梁上滑下来。纸门突然拉开，香织爸爸进来拜年。他端端正正跪好，跟时代剧里的武士似的行了个伏地大礼。香织妈妈也跟在后头，正坐拜倒，说了好长的敬语。阿公只是淡淡回应了一句，当然未用敬语。我吓了一跳，讪讪扶着桌边，考虑是不是也该补个大礼，女人们已从厨房鱼贯而出，直往堂屋布置餐桌去了。

我南方故乡的旧居有三间房，中间是堂屋，东西厢房分列两侧。厨房在西首，是一小间。正月初一阖族聚会，女人们准备羹饭，男人们主司祭祀。堂屋东北角有粮柜，其上放置佛龛与先祖容相。福重家堂屋西北角亦有一处空间供奉祖先牌位。日本传统建筑中将这块空间叫作"床之间"，亦可置插花、挂卷轴。屋子中间摆放长桌，男人坐上首，酒已满上。女人们摆完餐盘，亦在下首坐好。正月里的年节料理有屠苏酒、年糕、杂煮、点心（三种）、烤肉、渍物等等。平安时代流传至今的风俗，正月尽量不用火，以免触怒火神，故而这些食物都是年前备好，存放时间较久。灶台边辛苦一年的女人也可稍事休息。

我旁边坐的是福重家的长孙阿新，他小我两岁，还在念大学。有人问我："你家乡在哪里？"我说了那个滨江小城的名字，果然都不知道。于是解释，在上海附近，离苏州、南京也不算远。而他们对中国了解无多，比画半天仍无结果。

他们很努力地搜寻一切有关中国的印象同我交流。长城、熊猫、饺子、奥运会。零星片段，如盲人摸象。我只有解释，长城没有你们想象的那么遥不可及，就是游客太多。熊猫不是到处都有，它们生活在四川腹地的山区，其他城市只有动物园才能见到。很遗憾虽然我也爱吃饺子，但是并不会擀饺子皮儿——南北方饮食风俗差距很大。更遗憾的是我也没去过奥运会现场，2008年的北京太拥挤了，和你们一样，奥运会也是在电视上看的……

一直沉默的阿新突然放下碗筷，小声说："你们连这些都不知道！……我去拿地图！"又对我用更小的声音说："有了地图就容易解释了。"

我们都没回过神来，他已拿了一册世界地图过来，翻到中国那一页，指给大家看长江在何处，长城在哪里，四川又在哪里。地图成功解救了我。大家遂又惊叹阿新的见多识广。他脸涨得通红，极其羞涩地辩解："是你们……你们知道得太少了！我，我专业就是，就是世界史！"

大家哗地笑了，暂时放弃讨论中国。话题转到京都。福重媳妇说："京都的地名太难记了，居然有叫百万遍的！那儿有家金平糖很有名！"

她说的是我学校附近三百余年历史的老店绿寿庵清水，在一条僻静的小巷内。金平糖的香气远远飘出来，像小孩子的梦。

"百万遍,到底是什么意思?"福重媳妇问。

我道:"那里有个知恩寺,百万遍是念佛百万遍的意思。"

谈及京都,交流顺畅许多。

福重媳妇端来一碗醋腌藕片,说是新挖的塘藕。确实清甜,嚼后毫无渣滓。香织妈妈和我吃得最多,阿婆笑眯眯道:"你们喜欢吃?待会儿拿几根回去。"又吩咐我吃年糕。日本的年糕叫作"饼",由糯米粉捶捣而成,颇类糍粑。可烤,可炒,可茶泡,可裹海苔,可蘸酱油,吃法随意。福重家是将年糕煮烂,蘸萝卜泥和酱油。却见香织妈妈的妹夫将年糕蘸豆粉、浇红豆汤同食。香织妈妈解释:"是奈良的吃法,他是奈良人!"又笑:"你知道吗,广岛那边是拿糖和酱油一起煮!哎呀呀,那么做好吃吗?又甜又咸!"她妹妹说:"这算什么!你晓得岐阜那边怎么吃?先把年糕烤熟——不是裹海苔!是和饭混在一起,加鲣鱼屑,泡茶!"

因又论及中国的年糕。小时候,腊月里家家蒸年糕。新蒸的年糕需切成方块、长条两种。方块祭祀用,面上印一枚红色的福字。长条留着吃,印多枚福字,或者五根细枝捆一束,印小梅花朵,晾干后会很坚硬,日常泡在清水里,吃的时候切成薄片蒸熟。正月里各家之间互赠年糕,曰"糕来糕往"(高来高往)。同送的还有云片糕、熏糕(故乡物产,以糯米芝麻入白糖、素油、桂花、椒盐等物微火熏制，形同麻糕）等。年糕可以吃很长时间，去年夏天回家还看到冰箱里放着几条。春月嫩韭初生，常用来炒年糕。或煮汤，加荠菜，与日本的杂煮相似。另一种吃法是切成极薄的片儿，入油锅煎炸至翻卷，呈嫩金色，曰玉兰片。需趁热吃，薄脆甘甜，放凉后即转硬，不能放更久，会失去锋脆的口感。

在重庆见过捣糍粑，磁器口一带常有。一人高高举起木杵，另一人翻一下石臼里的年糕。木杵砸落，翻一翻，再砸落，配合得天衣无缝。木杵的回声很结实，嗡嗡的。糍粑蒸熟后切小块，黄豆粉、白糖里滚一遭。路边常见摆摊儿卖的，似乎是一块钱一碗，已不大记得了。

酒至半酣，廊外的狗听见热闹人声益发寂寞，寂寞地吠了两声。阿婆有些舍不得，将廊内一道纸门拉开，好让狗能瞧见我们。不过门一打开，狗吠得更响亮，好像小孩撒娇。余人忙道，不能惯着它！阿婆遂阖上纸门，又觉不忍，颤巍巍绕出廊外同狗说了几句话。阳光很好，院中有一株白山茶，落花满地，竟有一寸厚。南天竹的果实沉沉垂下，有雀停在枝上啄两口，又吐掉，大概没有枸子好吃。

盘中蔬果大半为福重家自产，腌竹笋非常美味，我吃了很多块。面前的盘内已经吃光了，远远瞥见另一侧盘中还有几块，想下箸，又觉太馋。阿婆端来一碟腌白菜，说是年前刚做的,还不够入味。她对我笑着说:"我们家几十年来大年初一都吃这个——山里人家没什么好东西,你还吃得惯?"

提前离席的是阿公,阿婆告罪道:"他其实很高兴,就是坐久了太累。"香织妈妈道:"爸爸就是这个样子。"福重家的大儿子笑道:"他是长子嘛,也是一直被惯着的。"阿婆也笑:"你不也是长子吗?"他做出苦相道:"可是你们没有惯我!"阿新极小声地嘟哝:"也没惯我。"一片笑声里,听到内间传来阿公的咳嗽,大家又笑。

屋角蹲着一只暖炉,屋内十分温暖。纸窗过滤的日影一格一格投在地上,还有婆娑的花树。女人们收拾杯盘,堂屋恢复了沉静。佛龛前续了线香,蜡梅与水仙的香气不绝如缕。座钟钟摆的声音传来,很熟悉。故乡家里也有一只座钟,嘀嗒嘀嗒镇日漫漫无际地走着。祖父在世时常要给它拧发条。长针迅速划过几圈,跟上时间的节奏。祖父过世后,无人记得这只旧钟,钟摆静止,幽幽的日夜失去刻度。

阿新仍在翻那册地图集,又看一眼我,似乎还有话说。福重媳妇让我们到茶室去,那儿有温暖的被炉。昏然欲睡之际,他忽将地图推到我跟前,细声细气问:"京都以外,你还到过哪些地方?"

那是一页日本地图。我道:"奈良、大阪、兵库……和歌山、滋贺、福井,呃,没,没有了……"有点不好意思,只在近畿一带旅行，迄今未到过东京。他却叹："去了这么多地方！"兀自指着地图道："我去过京都、滋贺、大阪……北海道、冲绳，没有了。小学修学旅行去的北海道，中学去了冲绳。"

"你也没去过东京？"

"没有。"

"奈良也没去过？"我更吃惊，明明是很近的地方。

"没什么特别的必要去那里。"他小声说。

"那儿有鹿嘛，还有正仓院。"我笑，"我每年都会去。"

他一脸"外国人总是这样"的表情，很无所谓地说："游客才喜欢看鹿。"想让我彻底没词儿。奈良的鹿是远远地看着才好。它们脾气很大，抢仙贝时特别凶。又相当精明，从来不打仙贝摊儿的主意，只冲游人要。呼啦一下围上来，你不买点给它们都觉得不好意思。吃完后迅速散开，只是用无辜温顺的黑眼睛瞧着我们。去往春日大社的途中，端坐几百年、苍苔碧萝覆满的长夜灯背后，偶尔会有一只鹿幽幽望过来，仿佛它也是几百年前就已在那里。

我是家中独女，在父亲这边排行最小，上头有几位堂房兄姊，都大我很多，都宠着我。在母亲那边我是老大，有一位表妹、一位表弟。而表妹只小我几个月，看起来更像姐姐。只有表弟，让我体会到做姐姐的滋味。遂不与阿新斗嘴，他反有些落寞。埋头翻地图，从第一页到最后一页，很响亮地翻着。

纸门又拉开，福重媳妇端来茶盘与零食。香织妈妈在一旁整理年货，要和妹妹去亲戚家拜年。阿婆十七岁嫁到福重家，娘家离得很近，只隔一片稻田，两家亲友都住在附近。纸门又合拢。福重媳妇低头抚弄刚刚洗过碗的双手，指尖皴裂了几道很深的口子。室内一静，又听见隔壁的座钟声。堂屋与茶室间的纸门绘有壁障画，一面是青松仙鹤，一面是飞瀑雄鹰。年代有些久远，仙鹤的顶子已经不大红了。纸门顶上的木框摆了几把旧团扇，挂着各种奖状，有阿新的，还有的上头写着"惠子"，那是阿新的大姐。

我问："惠子姐姐没有回来过年吗？"

福重媳妇仍在轻抚指头的裂口，道："是啊，她工作忙，年初二就要上班。"又道："我这个女儿十九岁出去念书，就不大高兴回家了。在大阪一个人租了间房子，哪有家里敞亮舒服？可她喜欢一个人待着。不过好像还是没有男朋友，也不知道什么时候才结婚。但这种事，我也是催不得的……"

起了个话头，就絮絮叨叨一直说下去。她知道我是独女，遂怜惜我是否寂寞，又感叹我的父母是否孤独。福重媳妇个子小小的，很清瘦，鹅蛋脸，短发，细眉细眼，总含着笑。声音也很细，像小姑娘。不过双手却很苍老，骨节变形，皮肤粗糙，裂口层层叠叠，看着很痛楚。我母亲虽也操持家务，想必远没有福重媳妇这样辛苦。我忍不住握了握福重媳妇的手，问："痛不痛？"她说："刚裂的时候很痛，一碰水尤其痛，不过现在已经好了。"我让她多涂些护手霜。她笑："涂是涂的，只是用处也不大。"说着也握住我的手，拿自己的手掌轻轻比了比，叹："真好看，是念书人的手。"

阿新突然有些不满地向母亲道："你话真多。"我们都一怔，他却像是害羞似的，拎了地图站起来，打开纸门上二楼去了。顶上一阵脚步声，纸门开合，嘭，又安静了。福重媳妇颇不好意思地皱眉笑："男孩子还是没有女儿贴心。"又同我讲惠子的事。说大家庭里媳妇难当，委屈的时候也是有的。早些年还会躲在房里哭，不好意思给家人听见，也不愿意同丈夫讲，走出门还是一张笑脸。只有惠子会私下里问，妈妈又怎么了？不高兴吗？是惠子哪里让妈妈生气了？女儿其实也知道是母亲受了别处的闲气，但不能点破，就用这样爱娇的语气博母亲一笑。

小炉上坐着一只铁壶，炉芯的木炭烧得通红，如金亮的琥珀。壶盖扑扑作响，白气从壶口一阵一阵喷出。福重媳妇起来倒水，先往阿公房内送茶，又回茶室。那铁壶想是用了许多年，壶身大片锈蚀。她笑着，解释说壶身的锈迹是洗不掉的，怕我嫌弃。看她孜孜忙碌，又小心翼翼，有些不忍。

茶水续了几道，继续闲话。她拿火筷子拨炭，明明灭灭的星火，烘在脸上十分暖和。

玄关外的狗忽而热烈地叫了一阵，香织妈妈她们回来了。纸门哗啦打开，扑入一股冷风。福重媳妇忙让她们坐到被炉里，自己又起来倒茶。二姊妹愉悦地讨论方才见到的人和事。某某家娶了位媳妇，某某家的儿子去东京工作了，某某家的女儿去法国留学，学的还是西洋料理。忽又拍手对我道："你知道吗，这儿旁边有个寺，你猜住持的老婆是谁？——是个上海女人！"

她们赞叹那座寺庙的梅花很好，又赞美住持的年轻智慧。说是某某名校毕业，妻子是他的同学。"这么荒僻的地方，也能有这样的因缘！"又道可惜住持随妻子去上海走亲戚了，不然可以带我去看看。

阿婆也进屋，拿一只袋子装各色点心，是给我的礼物。又搬来一袋米、两盒年糕、各色腌菜，不知塞了几袋子，要女儿女婿带回家。阿婆很精神，只是背有些驼。自家田里种稻米、油菜、慈姑、莲藕、白菜、豆子，儿女们吃也吃不完，又做各种腌菜。院子里晒了几只竹匾，晒了白萝卜条和莴笋。墙根有几只瓷坛，里头是味噌。"味噌还是自家的最好吃。"大家都这么说。

来日本几年，逐渐喜欢上味噌汤。纳豆亦觉味美，浇几滴酱油拌一筷子黄芥末过白饭，若与蒜薹肉片爆炒，滋味更妙。

后院山坡有一片柿子林。天色澄净，枝头还挂着红果。春天这个地方开满山樱和晚樱，落花在山中如堆雪，又顺着溪水流往远处。栀子树与檐齐高，开花时香得毫不吝惜，总想起"芭蕉叶大栀子肥"。阿婆也腌栀子花，盐浸过之后花瓣有些萎黄，香气也变了，略有药味。这个季节树上只余橙色的栀子果实，福重媳妇拿它们在锅里煮熟，加明矾煮本色棉布，染出薄薄的栀子黄。太阳底下看是柔美的郁金色，玄关口那幅暖帘就是这么来的。我为枝头的柿子可惜，为什么不摘下来？都冻坏了。阿婆笑说，那些就是留给乌鸦们吃的。我们还有很多呢——只见廊檐下挂着一排柿干，经了秋冬的风露，还有一层白色的柿霜。她顺手摘两串给我，说："今年的不够甜，你尝尝吧。"

日已西斜，山里天光暗得早，金紫的薄云堆在天边，我们要走了。福重媳妇在门边朝我招招手，又附耳轻道："你来，跟阿公道个别。"屋角的炭炉毕剥作响，铁壶咕嘟咕嘟，水又要开了。

她教我："就说，阿公，我们要走啦，再祝您新年快乐！"我被她携手到内间，阿公正就着茶水吃一碟草莓蛋糕。我磕磕巴巴道别，还忘记了"再祝您新年快乐"这一句。大家已笑起来，阿婆嗔怪媳妇："怎么这么多礼数，吓坏了人家。"阿公有些窘的样子，垂下眼睛说："好，好，下次再来玩。"大家又笑着，拥我们出门。玄关口郁金色的暖帘拂在脸上，墙边挂着小幅拼布，上头用花格布拼了一行字：欢迎回家。想是福重媳妇的手工。

我有些不舍，像每次从旧家离开，心里是惆怅的温柔。有故乡可以怀想是何其幸福的事。走到再遥远的地方，看到青色的炊烟，水田的白鹭，天上的星月，都会痴心地想，这很像我的故乡。看见梁间燕巢，竹匾上晒的萝卜干，也觉得很亲切。

分别的时刻，发现装腌白菜的袋子破了，汤水滴下来。众人又忙乱着去找新袋子。其间阿新自楼上下来过一趟，立在门边小声同我们告别，不待多说又蹬蹬蹬回去了。福重媳妇望着楼梯的尽头，轻轻笑叹。山寺晚钟悠悠地响了几声，惊起的群鸟缓缓掠过夕光笼罩的山脊。阿婆拎来一包萝卜干。香织妈妈说："不要啦，太多了！"说话间阿婆又从田里拔来两大棵白菜，一束大葱。

"还有红豆，要不要？"

"足够多了，吃不完！"

天上的薄云由金紫渐转黯蓝，能看到几粒星星。西边堆积了很厚的浓云，风很大，比日间更冷，像是要落雪。

归途中,看见来时的山河与田野。车窗外忽而扫过一片白茫茫的花树,靠得很近时才知是梅花。我忍不住轻叹。

"里头就是刚刚说的那家寺庙。"香织妈妈说,"北野天满宫的梅花还没开,这里已经开得这么好。"

很想下来折几枝,但车已远行,玻璃窗上映着落日的余晖,山野寂静,有些茫然若失。这个地方出过一位叫植村花菜的年轻歌手,成名作是《厕所女神》,唱的是她和祖母的往事,登上过红白歌会。她还有一支曲子,就叫《猪名川》:

风正吹来,悄悄微笑,
堤上小路的杜鹃花啊,今年也开了吧。

别人常常忘记,
我无法忘记的地方。

你还在追逐当年的梦想吗?
你用这双手找到了什么呢?
如今仍未找到答案,
那一定,还在梦想的途中吧。
听见那歌声,仿佛是昔日的朋友,
如果是最初的曲子,那么如今也记得吧。

如果除了相信就无法前行,
那么就试着相信吧。

你将到哪里去呀,
你会用这双眼睛看到什么呢?
即使有几个答案,
故事也一直继续。

那天染红河面的夕阳呀,
为何会这样美丽?
每次回忆都想哭泣。

仍在追逐那一天的梦吗?
你用这双手找到了什么呢?
如今仍未找到答案,
那一定,还在梦想的途中呀,
梦想的途中呀。

"糟糕,藕忘拿了!"香织妈妈突然叫道,"嫂子还特地跟我讲了醋藕怎么做。"

当晚回到香织家，晚饭吃烤年糕，香织妈妈仍然在为醋藕遗憾。

"也试试奈良吃法吧。"香织妈妈说，翻箱倒柜找出一包黄豆粉，很雀跃。年糕在豆粉里滚一遍，浇红豆汤。

"原来挺好吃的。"她说，"啊，下雪了！我们再喝点甜米酒吧。"

窗外真的有雪片，自荒茫无际的穹宇纷纷扬扬洒落。煤气炉一圈蓝色火苗，已经能闻见甜米酒的香气了。

2012 年 1 月 1 日

附：山中岁末

第一次去香织外婆家，是在五年前的暮春。当时香织家养着一只候补导盲犬，叫朱迪，非常可爱的少女拉布拉多。导盲犬协会在京都郊区的龟冈，那天朱迪去培训，回来路上，香织妈妈说："去外婆家吧！给外婆看看朱迪。"

外婆家在龟冈以西更远的山中，沿途尽是山川密林，当时山中遍开紫藤、杜鹃，绿海无穷。

后来，朱迪未通过导盲犬的选拔考试，成为普通的宠物犬，被送到另外一户人家，我们只能从新主人的邮件或明信片里见到朱迪，活泼漂亮的大狗，成为新家庭的重要成员。

几年过去了，香织外公已经去世。香织表弟阿新已做了几年公务员，香织则在北京安家，而我还在这里读书。前日香织妈妈电话来，问我要不要去外婆家打年糕。恰好从周也在，他从未去过日本的乡村，机会宝贵。

今日清晨，京都落了初雪，香织父母过来接我们，一路去外婆家。远山的积雪要更厚一些，山头笼着铅乌的云。春天开满山藤的美丽青山，此刻主调为灰绿色，近处偶尔看到枯枝上金黄耀眼的柿子。还有红、白二色山茶花，有些茶梅树极高大，地上铺了密密一层落花。

到外婆家，外婆十分健朗。在佛龛前给香织外公打过招呼。廊下竹箩内晾晒着萝卜干，檐下挂着成串的柿干。糯米已在竹笼内蒸上，香气四溢。灶内炉火旺盛，烧的是山中砍来的木柴。此地林木资源丰富，所出盆景很有名，家家门前都摆着盆景或养在枯木内的绿植。厨房墙上挂着过去捣年糕用的木槌，外婆道："现在没力气用那个啦！我们有机器。现在的人家，很少自己动手捣，我想，大概——百分之九十九的人家，都用机器做年糕！"说着一指眼前的浅绿色机器："待会儿糯米蒸熟，直接倒进去，就可以了！"厨房内还摆着许多只塑料桶，贮满泡菜，有白菜、藕片、萝卜、茄子之类。我最常在香织家吃到啤酒白菜和啤酒萝卜，都很美味，香织妈妈自己也会做，说是跟外婆学来。我也仔细询问过制作法，如法炮制过一回，但实在远不如外婆做的美味。

打年糕还需要等一会儿，香织妈妈叫我带从周去附近散会儿步："他没来过乡下吧？"我笑："他老家也在山里。"从周虽听不懂，但从我们的神情里推测出大概，很兴奋的样子。我带他去山中，积雪不曾化去，非常寒冷，雪中的白山茶很好看。

散步归来，一笼糯米已蒸到松软。香织妈妈在外婆指示下，将蒸笼上一层纱布提起四角，兜起当中的糯米，一气转移到电动年糕机的漏斗内。嘟嘟嘟，漏斗底下不知有什么在运作，巨大的糯米球开始徐徐颤抖、旋转，渐渐不辨米粒，揉作滚热的一团洁白。大约不到十分钟，外婆便说："好啦！"命香织妈妈将大糯米团转移到铺了一层米粉的大木盆内，端到另一间靠着院子的屋内，那里已有两屉做好的年糕，正在晒太阳。这间屋子很古老，纸门绘着松枝与群山，有一些挠破的痕迹。很早就听香织妈妈说过，这里是她少女时期与香织外婆住的房间，那时外婆养了七八只猫，宠爱非常，猫们跟外婆同吃同睡，还把纸门挠得乱七八糟。多年过去，家中已没有猫，但外婆却一直不舍得换去斑驳的旧纸。

外婆年届九旬，依然耳聪目明，行动敏捷。她在屋子当中坐下，开始对付方才木盆里巨大的糯米团。取一角，双手拢出一小团糯米，极迅速地在手心内转几圈，转移到另一边撒了米粉的托盘内，由香织妈妈继续捏圆、捏紧，形成中间厚、四围薄的圆饼。年糕大小不拘，要做几只很大的，上面垒上小一圈的，便是祭祀用的镜饼。盈盈可握的，便是寻常用来吃的。新蒸的糯米团滚烫，必须趁热做好才行。齐齐摆在托盘内，在走廊内风干，可以吃很久。

中午吃的是刚做的年糕，加酱油、萝卜泥，盛了一大碗。各地各家都有不同的年糕吃法，香织父亲悄声道："我觉得萝卜泥太辣，不喜欢这么吃，就是尝尝味道。你不喜欢也别勉强。我呀，还是喜欢把风干好的年糕，烤着吃，蘸酱油。"见香织妈妈进来了，他连忙不说，笑眯眯又吃了一口萝卜泥。

午后吃完饭，与从周在客厅被炉内坐着，剥橘子，喝茶，打盹。外婆在院内晒年糕，走廊内日影光线悄然变换角度。宁谧悠闲的岁暮转瞬即逝，黄昏很快到来，就要带着年糕和泡菜返回京都，外婆不断吩咐多带些回去。

路上仍然在讨论年糕的吃法，以及中国的年糕。"你家年糕怎么吃？"也是年末研究室同学们热衷的话题，人人记忆里都有一种眷念的味道。

2016 年 12 月 28 日

散书记

- 1 -

读了文科,很容易开始聚书。做古代史的,常认为资料可以穷尽,因而会发下收齐的宏愿,成就庞大的收藏。研究明清、近代的,资料浩如烟海,买书是难以穷尽的大业。在重庆读书时,不务正业,专买闲书。依赖发达的网络,僻居山中的我,也囫囵买了一些书。后来到京都,旧书店很多,刚来时就被深深吸引,上下学都要停下来看。每年有三次盛大的古本祭,隔三岔五各处超市、商场门前还有临时摆出的廉价书摊。还没有离开法学院时,我买书毫无体系,混乱地买了一大堆,家里堆不下,就放到研究室,完全暴露了自己的趣味。师兄们很惊讶:你的书架实在不像法学院学生的。因此,后来换专业到历史系,大家都松了一口气,觉得这才名正言顺。

换专业后，搬过一次家，仿佛是开始新生活的仪式，同时也更换了手机号码、邮箱地址。搬家之际，整理几十箱书，令搬家公司的青年苦不堪言。起初，不打算叫任何朋友帮忙，因为觉得搬家过程揭露了生活最为琐屑混乱的内核。但搬家后的当晚，置身书堆，很久都未能清理出能让自己勉强睡一晚的空间。无奈之下，懊丧地向好友求助。三个小时后，在他大刀阔斧的帮助下，书籍勉强上架，我可以睡觉了。但重新分类摆放则花了一周的工夫，烦琐的工程令我痛切反省聚书的行为，买了这么多书，究竟看了多少？搬家时的劳神动骨，都是对平日架上蒙尘的惩罚。

那一阵，买书变得很克制，对电子书的态度也更开放。春季书市，见到持金甚多、战斗力超强的老人们冲锋在最前线，无比热情地抢书，还生出叹惋。平常逛旧书店，偶尔会目睹打算处理去世长辈藏书的儿女上门问价。普通人的藏书一般也很普通，谈不上任何珍善本，因此旧书店老板只能抱歉地说出低价，甚至婉谢不受。如今，就是再知名的学者，图书馆也不会接受其藏书，因为根本没有地方安置。很多学者退休后的大难题，就是如何处理研究室藏书。有人能卖给旧书店，倒还幸运。有人干脆买一套房子作藏书楼。待其身后，除了少数有子孙继承家学的，大部分藏书仍难免被售卖的命运。一般情况，家人会通知其生前好友，尤其是学界同道，问对方要不要来看藏书，随便拿。客气的朋友，会请旧书店老板上门估价，不会白拿。剩下的，或卖给亡者生前交好的旧书店，或分几家卖出。就是不卖，也有旧书店老板主动去电致哀，说完套话后便询问是否出手藏书。学者们流入旧书店的藏书，又成为学生们纷纷寻觅、收藏的对象。有时，单看某旧书店寄来的新刊目录，就能猜到这批藏书大概来自哪位刚退休或刚去世的先生，买来一看，果见其人藏书印。

- 2 -

但克制并未维持多久，暂时的冷静后，买书进入新境，品位也稍长进。搬家后爱惜维摩斗室的有限空间，整理出一批用处不大或者品相不好的书，很潇洒地寄回北京家中。腾出的空间很快又被新买的书填满，书架顶端、床头、桌角、地上，也迅速被书占据。于是换更高的新书架，师友几番提醒，说地震了就糟糕了。每晚躺下，眼见头顶上一摞巍峨的厚书，身侧几张书架，若有地震，的确无处藏身。很危险啊！心里感叹。但很快睡去，并自以为很旷达地解释："与其忧心难以预测的灾难，不如好好享用眼前的读书时光，怎能因噎废食？"

买书还是一项群体性活动，彼此影响很大。有时，见朋友在读某书，翻两页，很感兴趣，一转身也买了。逢到书市，研究室一群人浩浩荡荡出动，形成竞争关系，人人都专心致志扫荡书架，唯恐好书被别人先得。有时见到某本很好的书，但专业方面明显与另外一位同学更近，只好慨然提醒："哎呀，这本你要吧？"若自己实在想要，只有事后再从网店寻觅补齐。

跟随学养丰厚的老师出去买书，是非常愉快的经历。转一圈下来，听其评论指点某人某书的长短，极广见识。不过，并非所有老师都爱藏书。藏书是奢侈的爱好，我的好几位老师都很克制，不介意复印件与扫描件，善用图书馆，对版本无执着。有一位老师，研究室书架收拾得很整洁，家中书架也仅放最必需的书籍，此外更多空间让给了正在读小学的女儿，有许多精美的绘本与儿童书。

当然，要说收藏珍善本，老一辈学者中也并不多见。宫崎市定就不强调特别的版本，认为研究历史应从最常见的资料中发掘新内容。这与兼具鉴赏力与收藏力的内藤湖南完全不同。宫崎学统上虽师承内藤，但他也承认，自己的研究方法与桑原骘藏更近。他对汉籍精善本并无热情，但访学法国时，曾搜集不少西洋图书及地图，其中得意者钤有"宫崎氏滞欧采搜书印"，这些资料后来都由长女捐赠京大附属图书馆。对资料天然的渴求是文科生的本性，不过我们通常只关注汉籍收藏，因为这是最熟稔的一个系统。

一位研究宋史的老先生，早年留学北大，奖学金几乎全拿去琉璃厂买线装书。当年琉璃厂书价较之今日可称极廉，老先生乐不思蜀，课上跟我们回忆起来，无比怀念："真是黄金时代！"

他中文说得极好，或许不仅是因为娶了一位有中国血统的太太。老师们回忆，在电车里遇到他，他总戴着耳机听中文。我们喜欢听他讲故事，如在中国的种种见闻。20世纪七八十年代初刚刚开放的中国，以及后来他常去的、20世纪90年代的中国，都是我们有点了解又陌生的时代。他去过很多地方："我最爱武夷山，中国的绝景当中，那里排得进我心中的前三位。"他爱买书："喜欢的书，我要买三本。一本存入书库，一本放家里随时翻阅，一本放研究室用。"见我们哑口无言的样子，他又连连摆手："唉唉，书是最麻烦的，买书容易，藏书难。"

他曾担任某校文学部图书馆馆长，对电子资料的态度极为开明，最赞赏资料公开。每年第一节课，都要问到场的日本同学："你们知道去哪里下载图书？知道几个中文网站？"大部分本科同学都面面相觑。他便逐一介绍百度网盘、新浪微盘、国学数典等等："研究中国史，不知道这些，是不行的。时代已经不一样了，这是互联网的时代，是电子资料的时代，科技发展必然影响学术研究。最简单的，诸位日本同学想要在掌握资料方面稍稍追及中国同学，已是难上加难。"又告诫："光知道下载也没用，很多人拥有不知道多少 T 的资料，使用率却极低，徒然放在那里等待硬盘老化罢了。文字资料是很脆弱的东西，只有亲自阅读，才有意义。宫崎市定先生藏书不算多，但所有基础史料无不烂熟于心。别人问《资治通鉴》某条内容，他随意能报出第几卷第几页，绝无差错。虽然我们今日有基本古籍库之类，可以轻松查得，但回想先生的博闻强记，还是觉得恐怖。"

年轻的日本学生无不被老先生的学养及优美的汉语震慑，第二节课大都消失了。几年下来，课上寥寥几人多为中国留学生。此外，唯有一位日本学生坚持下来，他是我的学弟。先生大为感动，对他重点培养，逐字纠正发音，不厌其烦地指点资料收集之法："你不要半途而废，不要逃走。"而今，学弟硕士即将毕业，先生甚为满意。

今年第一堂课，又来了几位日本学生，先生安慰道："往年我课上几乎留不住日本学生，我夫人也很不满，说这样完全培养不了新人，而我的水平，又不够指点诸位中国留学生。夫人说得很对，我一定改变方针，好好培养你们。开始你们也许很痛苦，但请稍加坚持，之后你们就能体会现代汉语的醍醐味了。"一席话极温和动情，但还是吓跑了几人，所幸留下了两位。然而课堂上先生一如既往地严厉。譬如："可知王安石出生地、生卒年、职历？王安石与欧阳修年龄谁更大？司马光呢？苏轼呢？"若不事先查，刚念大三的日本同学大概真不知道这些人物的生卒年。先生继续追问："那你们知道哪些人物的生卒年？日本历史人物？可你们是研究中国史的，如此著名人物的生卒年都不知道，是不行的。请养成明确的时代感，哪一年发生何事，何人出生，何人去世，都不过是最基础的知识。"众人沉默觳觫。

- 4 -

黄金周期间，应同学之邀，去冲绳玩了八日。这实在是过于悠长的旅行，很觉不安，但假期当中机票极昂，只好避开高峰，选择头尾来回。4月底至5月初，京都平安神宫附近的劝业馆会举行三大古本祭之一的春季古书大会。研究室同学早已研究好书市目录，备足现金，跃跃欲试。身在石垣岛蓝天碧海间，收到同门发来的邮件，说今日买了何书，见到何书，你应该感兴趣，可要买下？我既感激又怅惘，懒洋洋坐在长风轻拂的洁白沙滩上，回复说："非常感谢，我想要此书，求代我买下。"同门又来信："你不要心焦，好好享用冲绳。"果然很了解我。

离开当日的飞机是下午2点多，一早起来，很想去琉球大学附近的旧书店看看。曾逛过一家店的网店，以非常便宜的价格买到很好的书。酒店与机场都在那霸市，而旧书店在十多公里外的宜野湾市。当时台风将至，风雨交加，稍作挣扎，断然决定要去。旅行到某座城市，倘若不逛旧书店，对我而言是巨大的遗憾。

冲绳没有电车，路况不佳，公交车不准时，绝不能想象成京都恪守时刻表的公交车。去时晃晃悠悠近一小时，总算顺利抵达旧书店。店里书籍丰富，分类明晰，远超我预期，我在林立的书架当中深呼吸，兴奋极了，诸多中国文史书籍尤令我流连。与店主夫妇攀谈，说从京都来，今日即将返回。又问店里为什么很多关于中国的书籍。店主夫人说："因为我们觉得，冲绳自古与中国渊源深厚，便有意收集。附近的琉球大学也有东洋史专业，虽然现在只有一位老师。近年来冲绳倒闭的旧书店很多，我们也在勉强维持。"她看了看时间，担心道："飞机不要紧吗？这里的公交车很不准时。"匆匆挑了几种书，急忙去赶公交。风雨愈急，公交久候不至，苦等四十多分钟依然不见影踪。一看时间，离飞机起飞还有两个半小时，只好打车，竟也不见出租车。电话叫车——谢天谢地，十分钟后，出租车降临，热情洋溢的本地司机飞快将我送往机场。

当晚回到家，略作收拾便去研究室。旅途虽辛苦，但更艰难的是回来后须迅速切换模式，立刻回归原先的节奏里。推开研究室的门，大家见到我，"哇"地叫了一声："好久不见！"接下来就像《红楼梦》里久别重逢的姑娘回到大观园，众人都围着问长问短，分发礼物，热闹极了。长假刚结束的晚上，研究室的人却很满，问大家怎么都在。他们笑吟吟的，一位同门解释道："今天下午小林师兄打电话来，让我们去他家拿书。"

小林师兄是研究室辈分很高的人，还没有提交博士论文，因此一直没有正式教职，辗转各处担任非常勤讲师。过去日本文科博士学位极难拿，老一辈先生都是念完博士课程，积累若干年，成就一部论文，以此获得博士学位。教职与学位关联也不大。看他们的履历，某某年"博士课程修了"，某某年"取得博士学位"，中间往往相隔甚久。后来，没有博士学位的青年研究者在海内外申请项目、就职都非常困难，处处受限，文部省遂鼓励各大学改革学位颁布政策，使文科研究者早日获得博士学位，方便他们就职。然而大学教职日益紧张，大量博士虽拿到博士学位，依然难以就职。法学专业情况稍好，毕竟是济用之学，全世界的文史专业就很不乐观。而一旦读博，又只能从事研究，不能再去公司就职，这在行业划分明确的日本尤为严格。于是博士们只好做非常勤——即非稳定职位，不从属任何学校，只是临时受聘的教师，按课时收钱。要维持生活及研究，往往要同时兼任几处非常勤职位，一周之内奔波各所大学，十分辛苦。

小林师兄当年恰处在学位政策改革期，走的是旧式博士培养模式，然而时代已变，博士们尚且找工作困难，没有拿到博士学位的候选人更是难上加难。他常常到研究室扫描资料，新生们早已不认识他。有一回，他忍不住做了自我介绍："我是比你们高很多届的师兄，这个研究室不争气的学生。诸位都太年轻了，恐怕已经不认识我，你们的师兄师姐还是知道我的。特地打个招呼，是怕你们把我当突然闯进来的坏人。"

"师兄的房东要翻修房子，请师兄把藏书清理一半——房子承重能力不好。所以师兄叫我们都去拿书。"

我很不可思议："为什么不卖给旧书店？"

"师兄说，卖了也可惜，不如分给后辈们，于书而言也是得其所哉。"同门解释，"我们今天分到好多好多书。"

环顾四周，果见众人桌上都堆着几叠。心想竟错过如此大事，又想小林师兄竟如此洒脱。古人聚书，遭火厄、水患、兵燹而失散，又或身后子孙不珍惜，也是无奈。师兄在和平年代，却也亲临此境，该何等痛苦寂寞。

同门见我神色惘然，道："那边还有很多很多书没拿完，你明天可以继续去。"

"真的？"虽然觉得众人群起瓜分师兄藏书，实在过分，但自己也无法抵御如此诱惑。

"当然啦。"又一位研究唐史的师兄道，"房东要求小林师兄四天内必须处理掉一半藏书，因此我们这几天也必须赶紧取书。明天上午8点半，大家研究室集合，一起去师兄家。"

见众人沉浸于得书的喜悦，不免颓然。唐史师兄知我心情，说："你我聚书之时，就该想到散书之日。聚散有时，要想开，不要执着。"

- 5 -

因为专攻方向有异，我与小林师兄并无许多交集。记得有一回夜里，小林与几位从明史研究会回来，都喝多了，话也极多。"我是不争气的学生。"他指着自己对我说，"还没有拿到学位。"并从研究室冰箱翻出酒，继续喝。喝酒是研究室的好习惯，这与法学研究科是截然不同的风气。在法学研究科，不但不能在研究室喝酒，吃东西也不可以，因为色味声响会打扰别人。而文学研究科大楼每到周末夜，常闻杯盏相接，香气流溢。某哲学研究室，周五晚必煮火锅，豪饮二升五合瓶装清酒*，门外摆了一列巨大酒瓶。我们研究室也

---

* 升、合均为日本酒专用容量单位。"二升五合"合为4.5升，是日本酒瓶的特大号，读音近"益益繁盛"，故常用于庆典、聚会。

想煮火锅，开会讨论了几次，终因书籍过多，禁不起火锅气味荼毒，不得不放弃，但喝酒吃零食无妨。

小林师兄已经醉得很厉害，说："如果现在开始放弃研究，能不能找到别的工作？啊啊，不做研究了。"

第二日，在研究室见到小林师兄复印资料。他看了我一眼，突然瞳孔一缩，背身复印几页，又回头道："对不起，昨天打扰到你们了。""哦哦，已经忘记了。""我还是要做研究的。"他自嘲般笑着，轻声说，"醉后的话，是不能信的。"

有好几位师兄，都曾在痛饮之后感叹："明天不做研究了。做什么好？去银行！啊，银行不要我。去种地！啊，不会开拖拉机。"第二天还是早早出现在研究室。曾在离学校很远的市郊偶遇便利店打工的某师兄。他一脸震惊，短暂沉默后，请我为他保密。那位师兄已经有两份非常勤工作，不惮星霜，但依然生计艰困，又不想让师友获知窘境，便到很远的地方打工。后来，他申请到一笔研究经费，境况稍加改善，在研究室与大家提起便利店偶遇的往事："那时真是人生低谷，没有经费，就职全部失败，可谓苟延残喘。这么大年纪，还去打便利店的工，我觉得很对不起老师。没想到躲这么远，还是遇到师妹。世界明明很大，又小得可怕。"几年后，他顺利找到正式教职，神采飞扬，早已不是当初模样。

8点半，众人准时出现在研究室，准备了打包绳、剪刀等物。5月上旬，天气和暖可人，二十四番花信风已过楝花。香樟柔绿的新叶，点缀无数碎米般浅黄绿色的细小花簇，绿海无边无际。柑橘类的玉色小花，香气袭人。水边鸢尾丛生，温柔的蓝紫色与黄色，如剑的修长碧叶。远处青山层叠，浓淡错落，翩然有白鹭的微影。

小林赁居于下鸭神社不远处的民宅，有很深的庭院，兰桂丛生，松柏清幽。杜鹃修剪得很端庄，遍开白、玫红、浅粉、鲜红诸色花团。前面一座小楼是主人一家住，绕过旁侧窄路，后面还有一座更旧的小楼，便是师兄的居所了。过道堆满书架、书箱，巨量书籍从玄关口涌出，巍峨高耸至遮雨棚顶。小林师兄从书堆中侧身而出："哦哦！欢迎诸位。今天要辛苦大家！请自由到里面搬书。"又强调规则："我现在做清史，其余时代的资料，随便拿，只是要给我先看一眼。"

小楼原是房东家的仓库，改装成民居后，承重力虽远强于普通房屋，但还是被师兄的藏书压坏地板。某退休老师新买小楼藏书，因木楼未特别加固承重，不出数月，地板就被压弯，玄关推拉门难以对齐，开关都要非常用力。老师曰勤力楼，倒很写实。小林师兄日常起居在二楼，一楼两间屋子是书房，摆满接天接地的铁制书架。粗略估计，约有三十余架，尽是图书。分类极明：文史基础史料、方志、珍本丛刊影印、各种工具书、明清实录、历代笔记、日记书信、古代哲学、论文集、资料复印件、日本著名学者全集、日文资料、英文资料、日本史、西洋史、西南亚史……图书整理，很见一人学养，有时看一眼某人的书架，就能大略知其学问根底及治学习惯。

师兄读大学以来就一直住在这里，与房东有二十余年交情。房租一直未变，不受物价上涨影响，保有老辈人与寄宿年轻学生之间深厚的情谊。近年旧楼遭白蚁侵蚀，灭蚁公司要求全部清出屋内物品，掀开地板，方能彻底除虫。并提醒此楼至少要减少一半藏书，否则有倾覆之虞，再难挽救。

听师兄细述个中因由，我也稍稍放心，毕竟房东事出无奈，并非刻意刁难。只是白蚁恐怖，才催得如此紧急。"要说舍不得，肯定是的。"他解释，"我也想打包寄回老家，或者存在朋友家。但想，自己年齿徒增，不事生产，未成家亦未立业，却还要给父母增加一堆书纸，压坏他们的屋子，实不忍心。有朋友劝我，适当减少藏书有利于整理思路。有些资料，现在我的确也不大用。与其在此积灰，不如分给你们，也更有用处。"他挥挥手，笑道："大家尽量拿，不要担心我舍不得。研究者一生应读之书无数，但并非一定要占有。"

众人各奔自己的领域，默默开始挑书。起先都小心翼翼，找出几种很普通的资料，惶恐地问小林师兄："这个可以吗？"他扫一眼，痛快道："请！"几番来往，大家胆子也渐渐大了,敢于碰昂贵难得的书。他果不食言,只要不与自己目前的研究相关,都一概曰好。只是恩师所著、所赠,不可与人。同僚、师友所赠自著,亦不得转手。有几种论文集、目录,是师兄参与编纂,他接过来翻了翻,有些羞惭的样子:"真对不起,这个……我还是敝帚自珍吧。"他牢记到场每一位的专攻方向、兴趣,时常搬出一叠书,指着一位道:"这个,你感兴趣吧?给你。"或者:"这个你有用,收好。"我做近代,与他的清代略有重叠部分,因此开始并未挑出许多。他见我不好意思下手,指点一处书架:"这里,明清笔记、日记,关乎文学、思想、艺术等,与我专注的政治史不太搭界,你都拿走吧。"又指一架日本史:"这里,近世文化、版本学,据说你感兴趣,随便挑。"

那一日忙碌到黄昏,众人租一辆面包车,堆满一捆捆书运回研究室。我坐在车后书堆里,望着窗外街景,十分恍惚。外面的人蓦然看到里面的书山与傻坐的人,也很惊愕。如此往返四五趟,方告段落。

- 6 -

第二日,小林师兄又来电话:"能否劳烦诸位再来一趟。目前我的书才减少三分之一,离一半的目标尚远。昨日有不少书,比如《资治通鉴》《十三经注疏》等等,我说不给。

今日想想，还是给你们吧。所以，请诸位再来挑一挑，我尽量满足你们。"

看师兄的收藏，许多专题系列都非常齐全。不少庞然套书，如今中日两地书市皆不易得。而师兄一律极爽快地给了我们。此前沉浸于得书之喜的同学，也渐感哀愁，叹道："这些您还是卖给旧书店吧，不知得多少善价。"师兄睁大眼睛，很认真地说："卖书总不如赠书好听，虽然我很缺钱，但不忍担上卖书的名义。送给你们，我实在很开心，书也应该不会怨恨我。"

他问我："你有多少藏书？"我道："谈不上藏书。"他笑："我大概有三四十架。某位师兄说，咱们做研究，保有十架书，就很奢侈，很足够了。"我说："以前乱买书，品位很差，现在看，很多书都不该在书架上。"他点头："不错，读书人第一要务，是做好研究。聚书而学术无进，等于富人家拿书架当墙纸装点门面。"

房东夫人给我们准备了茶水与点心，鞠躬道："实在对不起各位，如此折腾你们。"我们慌忙道歉，说万般打扰。夫人看了看我们，又看看书山书海，稍稍沉默一阵，终忍不住叹息："读书辛苦，请大家好好加油。"

日落时分，总算觉得书房稍微开阔了一些。小林师兄略加清点，决定："还应再散一部分。明日要有空，你们可以再来一次。我会再作筛选，只保留最必要的部分。"

到了第三日。研究室买了和果子与清酒，抱去小林家。一份给房东，一份给师兄。尽管没有任何礼物可以表达我们感激、震撼、抱歉的复杂心情。

连日苦辛，师兄很疲倦，搬出几箱书，托孤般郑重地叫住几人："这些是你昨天问我要，但我说不给的。经过一夜斟酌，还是想，也许你更需要，能做更好的研究，到底还是送给你吧。"顿一顿，又指一箱，换个人："这是你昨天问的。"再指一箱："这些是你的。"

许多前两日说不可拿走的书，此日皆可出。"痛快！"小林师兄道，"我心里很快活，想痛饮一杯。"又道："希望各位以后有大房子安置藏书，不要如我。"散书已近尾声，二十余载所聚图书，至此散尽半数。各位分书者，当中有人或许从前并无聚书之癖，今日起也拥有藏书。聚散得失，原来有定。

我们穿行花树丛中，一趟又一趟搬书。梁间雏燕新声，晴丝沾惹人衣。细想来，是伤心的一幕，而我们又无法克制此刻聚书的欲望。巨量的书，令人虚无。但还是要不假思索，奔赴永恒的虚无。

小林师兄的经历及旷达，设身处地，令我郁郁并汗颜。哀乐交加，难以自拔。世人常说读书人百无一用，也不信这样的时代"读书人"还是可自矜的身份。然而总有人怀着不合时宜的梦想,自甘如此,为那一点虚无的执着,并认为这是抱柱之信,可托死生。

惊心动魄的散书结束了。将清空的书架全部搬到院内,师兄也整理毕自己留下的书籍,一一装箱标号。屋内空空荡荡,经年累月承负书山而弧度下凹的地板,等待被掀起。悬丝旧牖外,竹影婆娑,一株石榴将要开花。忽而想起旧事,几年前,从周的房东突然说要重新装修,勒令即刻搬离,完全无视合同。百般恳求,说愿涨房租。谈判无果,不得不苦觅新居。家里的书是二人这些年陆续收集的,虽不算多,但整理起来并不轻松。几十箱打包毕,即生买房置地之思,可怜京城居,大不易。孰料搬家前夜,旧房东突然改变心意,说涨房租可以,请我们继续居住。言而无信,已无力纠缠,依前约搬了家。

客居大忌之一在于聚书。而我屡屡罔顾此条戒律,两京之间,不加节制,以致搬家及重新安置俱大苦不已。书法家潘伯鹰十九岁时,父亲给他一笔钱,让他开始藏书。他深思熟虑开了一张书单,请琉璃厂书贾去办,一星期后整屋都是书——读到此处,非常喜欢,充分体会到他的心情。而后来,这些书皆在战时散尽。搬家虽辛苦,万幸在太平盛世。

请搬家公司腾挪整日,大局初成。最后只剩阳台植物、屋中两只猫、不知何时酿的几坛果酒、零散一箱书。从周遂找一辆平板三轮车,将猫关在笼内,固定车上。周围是盆栽、酒与书。

起先,猫并不叫,藏身绿萝屏障,伏身向外看,目光炯炯。三轮车走上马路,置身人海车流,雪亮前灯,鲜红尾灯,如洪流交错,滔滔奔腾。两猫受到惊吓,争相哀啼,引来一路侧目。从周在后面不停安抚呼唤,然而毫无作用。它们睁圆满含惊怖的眼睛,为这突如其来的颠沛流离愤懑不已。

好在新居并不远,两猫没有煎熬太久。又一日,夕光晚照,洒满新居半墙。半旧窗帘被长风鼓起,掠过千辛万苦收拾妥当的书架。两猫在辉煌的光里静静坐着,旧家搬来的植物也在阳台逐渐恢复元气。目睹此景,心中默想:就当这是黄金时代,努力读书吧。

2015 年 5 月 19 日凌晨

与旧书店为邻

常常觉得自己很幸运,可以在京都邂逅旧书店。过去九年间,学校、人文研之外,旧书店也是我重要的课堂,旧书店主人也是我的老师。虽然搬过好几次家,但总没有离开北白川附近,因为这里不仅离学校很近,生活设施齐备,还有很多旧书店。最近一次搬家,索性与朋友书店为邻,晨昏听见店里进进出出搬书的响动,很觉安宁。不远处还有竹冈书店与善行堂,前者有非常丰富的科学史、医学史藏书,正是我学习需要的部分。那里空间逼仄,不太适合闲逛,多半是事先查好书目,上门有的放矢。后者的主人是多年的朋友,店内总有很好的文库本、书志学方面的书籍,空间虽小,但布局舒适,光线适中,总流淌着美妙的爵士乐。买菜回来,经常到此买书,多半顷刻花光身上所有的钱。

新岁头一日,收到东京相熟旧书店主人的来信,说汇文堂已正式闭门，前一阵东京古书拍卖会上看到他家出品了非常好的书籍。我对汇文堂很有感情，了解京都中国学研究的人大多知道这家店，来京都时也会去瞻仰门前内藤湖南所书匾额。而自从汇文堂老夫人病重，店里经营就越来越艰难，不知她现状如何。若她健康，断无闭门之理。年轻主人似对中国学不甚感兴趣，接手书店后，店内书籍方向有所转变。且很长一段时间内，店铺营业时间都很不确定，路过时多是门庭闭锁。去年春季古本市，年轻主人也来出摊，出品佳书甚多，当时紫阳书院的主人还悄悄对我说："他很努力呢。"那天日记里写："近年不少书店都经历了换代的挑战，一晃好几年过去，看到从前年轻茫然的主人逐渐从容自如，就很开心。"没想到还是听到了这样的消息。

数年前曾在雅虎拍卖偶遇汇文堂，当时是为友人拍下江户时代琴学研究资料《玉堂琴谱》刊本，收到时才看见信封上的"汇文堂"印章。莫非今后会转向网店经营？再去搜索他家，却发现用户名已不存。在线拍卖的店主大多对自家背景讳莫如深，因为常会拍出与古本屋定价相差很大的价格，怕被不喜欢拍卖的同行指责为扰乱市场。

也曾买到过中国留学生经营店铺的书籍，亦在寄来的包裹上费心掩藏姓名，好比谜语（尽管很容易破解）。某次与滋贺一位旧书店老板电话购书，对方一听我要买某书，立刻警觉："你是要拿去拍卖赚钱吗？你是谁？"我大惊，张口结舌，说并非如此。后来误会解除，对方反复道歉，说近来有不少留学生买走他的书，又在网上高价拍卖，并非为自己阅读。我道："请放心，我买书是为自己看，不为卖。"对方很不好意思："通过倒卖书挣点钱，也无可厚非，我也靠书生活，就是有时难免看不惯一些完全将书当作商品的狡猾的人。"

有旧书店主人曾在网上抱怨："最近姓名、所属都不说，直接上来问有没有什么书的人越来越多了。我想他们大概不理解什么叫诚意。"传统旧书店做生意，往往先从交朋友开始，双方觉得合适，才有长久的往来，否则会出现有钱也买不到书的窘况。汇文堂闭门的消息迅速在一些书友之间传开，听说对内藤先生所书招牌感兴趣的人有不少。不论书还是物，皆为有力者得之，此为世之常理。但想起当年老夫人在灯下与我追念往昔的温声细语，私心还是希望这张看板能在他们家多留一阵。

这些年京都闭门的旧书店有好几家，多是因为老店主突然故去，后继无人。比如二条通上、东大路通与川端通之间，中井书房隔壁的水明洞，2015年就因此类变故而不得不闭店。那一带从前稍往东走一段，曾经有一家美术书专门店"奥书房"，后来搬到了美术类书店、古董店很密集的东山区古门前通。中井书房的爷爷也常感叹生意艰难，东大路通与川端通附近本就冷清。好在水明洞的网店暂时还在继续，曾经也在雅虎拍卖上出品过不少佳书。他家和刻本、金石类、名人手札一类收藏颇丰，曾见过他家有狩野直喜写给津田青枫的一幅匾额，为我了解狩野及青枫之间的往来提供了一则资料。

津田青枫是生于京都的画家、书法家，也写随笔与和歌，父亲是花道去风流一派第六代家元西川一叶，兄长一草亭是去风流第七代家元。日本传统家庭实行长子继承制，其他儿子或者自谋生路，或者做别人家的婿养子。青枫初学日本画，后师从浅井忠等人学习西洋画，1907年留学巴黎，在朱利安学院（Académie Julian）跟随让-保罗·劳伦斯（Jean-Paul Laurens）学画，两年后回日本。1929年在京都开辟洋画塾，与河上肇成为好友。受河上的影响，青枫开始参与劳工运动，曾经画过一些反映社会矛盾的作品，还以小林多喜二的死亡事件为主题，创作了油画《牺牲者》，因此被警察盯上，险些身陷囹圄。据其回忆录称，因为无法继续靠画油画挣钱，转而投身日本画。他与夏目漱石关系也非常亲密，是漱石的油画老师，为其设计过一些封面。可巧，某次买菜回家，在善行堂书店买过一册大正四年（1915）发行的袖珍本《道草》，当时只觉得布面小册很可爱，花卉笔触散漫自由，后来才知道是青枫的作品，也收入《津田青枫装帧图案集》（芸草堂，1929）。青枫在《老画家的一生》中这样回忆与京都诸位学者的交往：

> 河上肇等人常常聚集在永观堂附近青枫寓中，画画写字，再去哪里转转。这个集会叫翰墨会，河上肇之外，还有经济学部的河田嗣郎博士、文科的狩野直喜博士、法科的佐佐木惣一博士、商科的竹田省吾博士等等。
>
> 青枫教大家画画，虽然这些大学教授在自己的专业上都很厉害，但画起画儿来就很幼稚，当然也都很有个性。河上肇非常谦逊，很熟悉中国画，也会作汉诗。
>
> 狩野先生天真烂漫，是诗人，虽然在课堂上非常严肃，令学生恐惧，但翰墨会上的狩野先生非常可爱。他喜欢写字，写字时，偶尔袴的腰带都松开、垂了下去，也不管，继续沉醉地写。衣衫沾满墨汁。这时候就像小朋友玩水一样，谁的话都听不见。同样，要是对什么没兴趣的话，他就在那儿打瞌睡。不过他画的画儿实在糟糕，完全不明白物体的形状。狩野先生就负责帮别人画好的画儿题字。翰墨会开了好几回，对津田与各位老师而言，都是非常愉快的时光。

河上肇在随笔《萩饼与七种粥》中也回忆了翰墨会的往昔：

大正十二年（1923）年9月，津田青枫把三个孩子丢在东京，带着一位年轻女子搬到了京都。当时我还是京都帝大的教授，某日他突然来访，与他来往也始于当时。后来我们每月都会到青枫赁居的寓所聚会一次，作翰墨之游。常去的除了我之外，还有经济学部的河田博士与文学部的狩野博士，有时还有法学部的佐佐木博士、竹田博士，文学部的和辻博士、泽村专太郎等人。总是早上聚齐，玩到黄昏，会费每人五日元，午饭是叫的外卖。已成故人的有岛武郎每来京都，都会住在一家朴素的旅馆里。那家旅馆的女主人也常来相聚，帮忙磨墨、布菜。

我在翰墨会上最初学习的是在画笺纸上画日本画。在半截红毛毡上铺开纸，青枫画一株老梅，然后让我添几笔竹子。我总是极为踌躇，像幼儿园的孩子一样，战战兢兢不敢下笔。后来渐渐胆子就大了。青枫、和田博士还有我合作画山水画，狩野博士就题字。和田博士专门画画，狩野博士专门写字，我画画和写字都会试一试。大概是聚集的人很合适，没有一人手上闲着，有人写大字，墨汁一会儿就没了。旅馆女主人就专门帮我们磨墨。那正是我埋头研究经济学的时代，每月一次清游，实在是沙漠中的绿洲，忙中偷闲，没有比这个更快乐的。那是我一生中见过的最美丽的梦。

但遗憾的是，河上肇再也没有重见翰墨会的清梦，出狱后也与青枫渐行渐远，不再能接受青枫的处世方式，乃至断绝来往——这些在青枫一方的文集里倒不曾写过，两相对照，颇能还原一些真实的场面。

狩野直喜《半农书屋日记》中也有关于翰墨会及青枫的零星记录，如1925年3月8日：

> 日曜日。午后偕河上教授访津田君。河田、佐佐木二君亦至。皆学画津田君者。河田君技尤秀。河上、佐佐木二君次之。各挥毫写兰竹。津田君在侧指授。予亦乘兴作大字，以笔非常所用，殊觉拙劣，愧何所言。但终日对山谈书画，顿忘尘俗，是则近来罕有之事。
>
> 4月3日：九时津田青枫君来。
>
> 4月5日：午前访津田氏，为翰墨之游。
>
> 5月10日：午后至若王子津田君，画话偕字，亦浮生半日之闲矣。

5月22日：午前在家读书。午后至美术俱乐部，观津田君等三条会会员作画。

6月9日：午前津田青枫君来，示以其兄所作父像赞，求予删改。

6月28日：午后访津田青枫君，为翰墨会，夜更归家。

9月27日：午前河上教授偕津田青枫持三条帖来，求予题签。……河上津田两君又至，余为题书一帖。青枫君亦作予书斋图。

《书论》（第38号　特集　狩野君山）扉页有这幅《君山先生书屋图》，题云："大正乙丑（1925）初秋，偕河上教授访君山书屋，谈艺乐甚。主人出纸求画，乃为挥洒，所见如此。学士室中唯有书卷，尤可美也。"画幅窄长，背景为富冈铁斋山水图，几上有文房用具，散落两函汉籍、三册洋书，应该是写实之作。青枫还画过夏目漱石、河上肇的书斋图，那些更为有名。

青枫虽不算日本近代最一流的画家，但他的作品自成一格，有文人、学者气，颇不俗，特别是京都时代的翰墨会，称得上鸿儒谈笑。他设计的图书装帧及纹样水平亦高，芸草堂近年曾重版过他的纹样集与散文集《漱石及十弟子》，肯定他的地位与贡献。他非常长寿，活了九十八岁，写了不少回忆录，最后一本是《春秋九十五年》。晚年虽搬到东京，与河上肇等京都友人也不再来往，纪念馆开在山梨县的笛吹市，但他在京都还是留下许多作品，偶尔会在旧书店邂逅。

前不久在喜闻堂网店见到青枫的一幅《早春红梅蕗苔图》，题良宽长歌，画一大束稻草捆缚的红梅，与今日花店所见冬季风景别无二致，并两朵嫩绿蕗苔。蕗苔即蜂斗菜，花蕾可食，是初春最先钻出积雪的新绿，初春的季语，也是京料理常用的时令蔬菜，常拿来做天妇罗，一朵端庄嫩绿的花。或者做腌菜、拌白味噌，或者直接煮到味噌汤里。青枫此画典雅细腻，在他个人作品中也属上乘。可惜错失购买的机会。

上周去平安神宫附近的国立近代美术馆看梵高展，路过山崎书店，又见书架上挂着一幅青枫的蔬菜图，是他钟爱并大量创作的题材，设色清浅，品格不俗。见我流连，山崎先生道："你若喜欢，便宜让给你。"之前在他这里见过青木正儿的山水画，虽然喜欢，但也踌躇，是否要开拓绘画方面的兴趣——那幅画自然早已卖出。

世上珍贵的书籍、绘画当然有许多，邂逅美好的事物，为它们驻足、心折，都是美妙的经历。至于是不是一定要买回去据为己有，则需再三斟酌。最大的原因是贫穷，再者是因为老师们常常告诫，不可兴趣庞杂，购买、掌握资料都应以研究为目的，而不仅仅是为了享乐主义的"趣味""欣赏"。

我对书与资料当然有占有欲，总希望带它们回家，默默吃掉，再为它们写点什么。有时遇到很好、很有价值，却不在自己一向关心或研究范围内的书或资料，会提醒自己冷静一点，希望它们被更合适的人买走，得到更好的研究和更多的爱。狩野先生还不大喜欢夏目漱石，说他不懂中国文化，但汉诗尚可，因此吉川幸次郎后来才会作《漱石诗注》。狩野先生亦不喜欢德富苏峰，虽然二人都是熊本出身。井上进老师也不喜欢苏峰，说能想象他得意扬扬买了某书的样子。我倾慕狩野先生，也喜欢井上老师，他们的好恶对我的影响自然不小，因此要买什么书时，他们的话语总会响在耳畔。

在旧书店遇到自己中意的研究对象，实在幸福不过，这样的情况就不大会考虑贫穷的现状，就是不吃饭也想买。比如有一段时间对小林写真馆、珂罗版技术、东方文化丛书感兴趣，恰好发现朋友书店有平冈武夫旧藏、东方文化丛书珂罗版复制的宋本单疏《毛诗正义》。此书已有人民文学出版社影印的四拼一普及本，如要研究文本本身，用普及本当然足够。图书馆也有东方文化丛书本，亦便使用。但到底是因为真爱，也的确想多了解一点珂罗版的知识，当即四下凑齐书款，从朋友书店抱回此书。而我最初之所以搬到现在的地方，也是因为想与朋友书店做邻居。一有空就去书店看看，早晚都听到店员搬书的动静，觉得很幸福。

朋友书店旧藏非常丰富，但并不出版珍书目录，只定期推出研究书目录，不定期在网上公开一些刚刚整理出来的书籍。也不参加普通的书市，只在中国学领域的学会召开之际临时出摊，与各大学出版会、汲古书院、东方书店并列。如今学术书店生意越来越艰难，东京一些旧书店主人提起朋友书店总是很羡慕，说但凡大学和研究所还在，朋友书店就无生存之忧，目前看来，的确如此。

朋友书店的目录为狭长窄册，目前已出到328号（2018年1月），题头"朋友"二字为音韵学、文字学研究者尾崎雄二郎所集。目录分为朋友书店最新刊、新书预告、多媒体出版物、中文新书、旧书、日文书、韩国书、西洋书等栏，其下又分为哲学·思想、社会科学、文化、历史·地理、文学、艺术、科技·自然科学等栏，参考了日本图书馆普遍使用的十进分类法（NDC）。封面还印着店面看板"朋友书店"四字，为神田喜一郎所书。从题字到分类法，都能窥见朋友书店的自我定位及丰富的学术资源，无怪同行称羡。

通志堂书店发行的目录已至84号（2018年1月），分类为"中国书""日本书"两大栏，之下不分细目，但也一目了然。每期主题略不同，取决于主人新近收到了谁的书，有时通过藏书偏重的领域，一眼能猜出原主人大致的研究方向，甚至猜到可能来自哪一位学者。通志堂书店在东京，目录寄到京都大约需要一两天时间，到手后如不赶快翻看，很有可能自己要的书已被别人买走。目录都是寄给常客，而这些书店的常客大约也都是同一领域的老师、学生，要买的书自然重合度较高。"每次目录刚寄出去，很快就收到某某研究者的电话，说要某书。我心里非常佩服，真是神速，眼光也真好。"通志堂主人曾这样与我感叹。因此必须尽快下单，有时直接电话过去，还不一定赶得上别人。

比如刚刚就收到通志堂主人回信，说我新下的一单里，北京古籍出版社1990年版的《百哀诗·驴背集》已被他人抢先购去。此册收录了有关庚子事变的两种咏史诗，不很常见。再看孔网定价，居然很不低，或许因为印数不多。我不大比较国内与此地的书价，如果实在想要某种书，哪怕这里贵一些，当下也就买了，认为是对旧书业的支持。就算这里便宜，也不会囤积倒卖。日本旧书店常常能见到北京古籍出版社不同年代出版的这套北京史料集，我原就对北京史感兴趣，也很喜欢这套封面典雅的丛书，在异乡见到，更想购买。像《日下旧闻考》《长安客话》《酌中志》之类就很常见，是研究者的常用史料，当年日本各家书店应该进了不少货。从前挚友周雯来此访学，一收到通志堂目录也总是立刻翻看，并知会我可能需要的书目。在她的指点下，那段时间的购书活动非常愉快。二人有时因为买书太多，乃至穷困潦倒，月末总有几天很难挨。周雯回北京后，研究室偶尔还能收到各家书店寄给她的目录，很令我们惆怅。

神户"カラト書房"也是关西数一数二的中国书专营店，不过店主不印纸本目录，只给常客发邮件提醒网站书目有所更新。在同研究室老先生杉山英夫的带领下，曾去店里拜访过两次。主人说一个月店里也就来一两回客人，大部分生意都是网上进行。他家的书籍特征与通志堂颇相近，都是学者、学生日常使用的研究书，而非面向收藏之用。他家有不少中国台湾商务印书馆各个时期出版的四部丛刊系列，搜罗甚全，品相上佳，最适案头常备，我买过不少。

琳琅阁也是专营中国书籍的名店，在东京大学本乡校区附近，于搜集汉籍素有声名。《琳琅阁古书目录》精美豪华，已出到第170号（2017年12月）。分类有铜版彩页、古典籍、洋装本古书、中文古书、西洋古书五大类。彩页是本期重点书目，看中的往往价格高昂，远超我的消费能力，因此就成了典籍图录一般的资料书。偶尔也会遇到自己喜欢又能够负担的书籍，就立刻电话店主，连发邮件都怕耽误时间。每次去东京，都会去琳琅阁转一转，但行旅匆匆，远比不上住在东京的人访书那样便利。东京还有神保町那样的天堂，每次去，都根本逛不够，总是仓促一逛，开心又怅惘。我深爱京都，觉得住在这里很幸福，唯独羡慕东京的旧书店与各种图书馆。幸好不少书店都有目录，可以按图索骥。

神保町的诚心堂书店在书法和刻本方面很有特长，也出书目，目前已至137期（2018年1月）。2017年6月末，在书目上见到仓石武四郎、小川环树整理、校订清原家《毛诗抄》的部分草稿，凡81页。当下电话订购，店主却遗憾告知，已被他人买走。到底京都远了一些，慢了一步。

我对仓石武四郎与小川环树的汉学研究很感兴趣。环树大学二年级时，仓石刚从中国留学回来，开了一门汉语言文学课，带着学生以汉语阅读鲁迅的《呐喊》及江永的《音学辨微》，开日本以汉语直接阅读汉文的新风，同时精读段玉裁《说文解字注》，对环树的学问影响极深。仓石藏书及手稿很多藏于东京大学东洋文化研究所，不少已公开电子版，或整理出版。环树翻译了不少古典名著，写了许多普及书，编了重要的汉文字典——《新字源》（角川书店），算得上我们日夕摩挲的书籍。读他的《谈往闲语》，能想象他温厚的性情。环树的墨迹极少流传，钱钟书曾赞美有欧阳询之风（许礼平《汉学泰斗小川环树》）。因此这番错过，还是很让我遗憾。

专攻名人手稿的书店有好几家，东京小金井市的虾名书店、神保町的玉英堂书店，皆为个中翘楚。也曾遇到喜欢的学者手稿，但价格高昂，不能请回家。不过也很高兴：市价昂贵，正说明其价值。有些曾经流行过的人，手稿却很低廉——当然不是说价格是衡量学者、作家价值的唯一标准。这也常常提醒我，尽量不要创造没有价值的文字，留到后世若卖不出去，岂不是非常对不起那时的旧书店老板。

最近京都有一家新成长起来的旧书店，叫作"あがたの森書房"*，大约有七八年历史。这家店原址在农学部以北，距人文研分馆不远，后来不再经营店面，主要通过目录及网店售书。店主年轻俊秀，于美术、民俗等研究方面很有特长，也爱好古籍、古写经、朝鲜本，近年常有善本经手。他与山崎书店主人往来很多，二人兴趣接近，山崎先生赞美他是极勤勉的青年。邂逅这家书店，是某次在网上买书，发现家附近有一家书店就有，电话过去问能否到店里取书，对方抱歉道："我们已经没有店铺，但您可以来我家看书。"

那是蝉鸣热烈的盛夏，当即骑车过去看书，没想到店主这么年轻，言谈谦谨温厚，印象很好。他取书时还倒了一杯冷麦茶，二人在廊下闲聊半晌，不觉炎热。去年1月以来，店里也开始出版目录，彩色印刷，封面很有设计感。第一期

---

* 其名取自长野县松本市的都市公园之名，あがた可对应汉字"县"，指古代受中央政权支配的地方组织。

就出现了明抄本《五国故事》二卷,并附有非常详细的解题,从书写用纸、笔迹风格、藏印真伪、前人书目记载等多方角度判断此本为明末抄本,毛晋旧藏,可知主人用功甚勤,出手非凡。第一期还有方苞的两种《史记》注释抄本,其中之一为黄丕烈、张金吾旧藏,很久没有在目录上见过这样分量的书籍,况且这家店还在京都,很高兴,可惜我对这两种书都不太了解,尚未查考来历经纬。

因为住得实在很近,每次看上什么书,就会上门亲取。后来翻检购书记录,无意中发现,几年前曾在拍卖网站买到过他家的书,算得上前缘早定。今年1月中,他家刚去银座参加第三十四届古书市,可惜未能去东京,只有翻看目录。下月京都的初春小书市也会有他家出场,不应错过。虾名书店也参加了银座古书市,出品书目非常精彩,有富冈铁斋、川端康成、林芙美子、森茉莉、岛崎藤村等人的书简、草稿,令人神往。

这些年买书,多半依赖网购。新书一般在生协书店网站预订,或在亚马逊买——不得不说,亚马逊买书实在太便利。旧书则是古本屋网站,或者各家古本屋自己开辟的网店。再就是目录邮购,去实体店挑书的机会越来越少。就是去家门口的朋友书店,也会事先查好目录,到店里直接给店员看,很难有悠游的余暇及闲情。在亚马逊网购,常选便宜的买,因为有能力加入亚马逊的店，一般都有些实力。且亚马逊购书界面最便捷，重点在于吸引你购买，很少能看出旧书店主人的性格。古本屋网站就不一样，虽然是统一的购书界面，但各家介绍不同，对同一本书的描述也各有详略。定价不再是购书的唯一标准，除了比较品相、版次之外，首选相熟的旧书店。不过有时看到东北地区的旧书店，哪怕定价贵一些，还是会去买。因为东北地区旧书店很萧条，一人之力虽然微不足道，也想表示支持。去年看到新闻说，仙台东北大学附近的百年老店熊谷书店也关门停业，大学街如今只剩一家旧书店。整个宫城县在20世纪八九十年代曾有147家旧书店，到2016年已锐减为33家。

对我而言，旧书店最大的魅力就是唤醒书籍的新生，是作者、出版方、购书人、卖书人、读书人之间不可或缺的重要一环。旧书店使书籍重新进入流通环节，令它们带着从前的记忆，来到新主人身边，刺激新主人的学习与创作，每当想到这里，都觉得很动人。

吉川幸次郎回忆，狩野先生不喜欢明人或江户时代好事家那样的博学，他对书籍的价值序列有明确判断，曾云业余爱好者（dilettante）最不可取，研究中国学问切不可成为业余爱好者。亦常举木村蒹葭堂为例，告诫后学。木村蒹葭堂是江户中期的文人、画家、藏书家，生于大坂，有书斋曰蒹葭堂，藏书后多入秘府，今藏内阁文库。推崇山井鼎学问的狩野先生，自然不会欣赏蒹葭堂的趣味主义。而在"趣味"的路途上玩耍很久的我，也应当时时自省。买书与读书是不断控制欲望、精炼问题的过程，如果只是浮浅的兴趣，没有丰厚的知识，就不会被旧书之神所爱。架上图书即便在那里，也如同穿了隐身衣，决不愿意被无知的我发现，被无知的我带回家，跟着无知的我朝夕相处。

2018 年 1 月 27 日

谁人袖底染梅香

《古今和歌集》有句云："相较好颜色，幽香益动人。庭中梅树好，香染谁人袖。"

后来有一款衣香，就叫"谁人袖"（誰が袖）。桃山时代至江户时代，还曾流行过以此为名的屏风绘，画满种种华美无比的衣裳，慵懒垂挂在精致的衣架上，仿佛能闻见奢侈沉郁的幽香。前些年根津美术馆举办过题为"《谁人袖图》所绘和服"的展览，出品了馆藏的三件谁人袖图屏风，其中两幅画面上均无人物，金泥底色上描绘挂在衣架上极为华美的男女衣裳。有一幅不仅画了一家人的衣裳，还在衣架旁绘有矮几，其上有半开的砚台，以及三册装帧极精美的书册，从封面用纸来看，应该不是汉籍，而是嵯峨本之类的日本文学书籍。画中纸门绘有纤细的牵牛花，可惜没有见到熏笼或香炉。

京都是有千余年历史的古都，对风雅之事自然极尽钻研，流传至今的香铺也不在少数。松荣堂、薰玉堂均有名唤"谁人袖"的小巧香袋，意趣可爱。四条闹市区有家叫"井和井"的店铺，搜集本地各家和纸、陶器、竹器、织物，精心罗列店内，替客人寻觅各种"京小物"。当然也有香，是这家店铺母公司推出的品牌，叫作"香彩堂"，气味香甜可爱，很平易。路过时常被香气飘浮的店铺吸引，店里女生举止文雅亲切，时不时到门前香炉内续上一支短短线香。香彩堂有一款"四季之猫"的香，盒子的花样很可爱，春天是樱树下的猫咪，夏天是菖蒲花旁边睡着的猫咪，秋天是月下的猫咪，冬天是雪地里追着毛线团的猫咪。香倒很一般。曾买过几盒，好几年过去，都没舍得用完。

诸家香铺中，最常买的是鸠居堂，虽然中井书房的爷爷曾跟我说："价格要比别家贵一截，店铺里都是游客。"他更喜欢山田松香木店，也是京都的老铺。他的柜台香炉内，总燃着一截线香。回想到此处，就忍不住打开山田松香木店的网页，看看香的名字也很愉快。翠风，幽烟，紫薰，莺梅，天香。说来惭愧，京都虽小，却极少出门，御所西侧的山田松香木店已觉得很远，去过的次数竟屈指可数，居然要依赖网购，不免有些遗憾。难得住在这座城市，却不知尽情游赏。

鸠居堂在寺町通三条，与我喜爱的旧书店竹苞楼做了两百多年的邻居，是进城一定会路过的地方。鸠居堂创始之际，曾是药铺。鸠居之名，是江户时期儒学者室鸠巢取自《诗经·召南》中"维鹊有巢，维鸠居之"一句。江户后期，鸠居堂与赖山阳等活跃在京都的文人墨客往来密切，因此也开始经营文房用具，颇得佳评。其中，鸠居堂第六代主人熊谷久右卫门（名直恭，字伯肃）与赖山阳交往极厚，因为赖山阳的积极推荐，鸠居堂也益发名满京洛。山阳为鸠居堂留下了许多书法，与直恭也有诸多往返书信，由鸠居堂代代珍藏至今。如今京都寺町通店内匾额"笔砚纸墨皆极精良"便是山阳所书。文化九年（1812），三十三岁的山阳曾作《鸠居堂记》，开篇即云："京师文物风流，每先于天下。而制笔之工，鸠居堂为先焉。"

明治十年（1877），太政大臣三条实美将宫中代代相传的秘制调香法传给鸠居堂第八代主人，便是传承至今的鸠居堂炼香，名曰黑方、梅花、荷叶、菊花、落叶、侍从。梅花为春，荷叶为夏，菊花为秋，落叶为冬，侍从为恋情，黑方寓意深深的怀念，品级最高。炼香可爱的蜜丸盛在小巧堪怜的香盒内，秋冬时节，浅置红炭之侧，可消磨长夜。

炼香流行于平安时代，又叫薰物，也就是晚唐五代已盛于宫廷、宋人极爱的合香。《陈氏香谱》云："合香之法，贵于使众香咸为一体。"平安时代，不仅有大量记载合香方的书籍传入日本，还有直接从中国进口的合香成品，是宋日之间重要的贸易品。史书中屡见贵族们相聚斗合香的记载，《源氏物语》有关香物的片段亦俯拾皆是。源氏与紫姬初见，是在《若紫》一帖。年轻的源氏抱恙，到北山寺中养疴，在深山中与紫姬相识。那一段暮霭沉沉的文章写道：

> 这时候没有月亮，庭中各处池塘上点着篝火，吊灯也点亮了。朝南一室，陈设十分雅洁。不知哪里飘来的香气沁人心肺，佛前的名香也到处弥漫，源氏公子的衣香则另有一种佳趣。*

这一场景出现三种香气，可窥知熏香的习惯并非上流贵族独有，连深山隐居的人们也是如此。

镰仓时代以来，禅宗寺院十分重视沉香，焚香之俗逐渐波及武士阶层，而合香则是京城贵族们才会热衷的小众行为。在室町时期禅僧的诗集中，频繁能见到沉水香的身影。随便翻检《荫凉轩日录》，就能见到僧人叔嘉在一炷线香的斗诗会上的作品："一炷黄云清昼长，鹧鸪鸡舌只寻常。荷衣却似君衣否，风送余薰沉水香。"

---

* 引自《源氏物语》，［日］紫式部著，丰子恺译，人民文学出版社，2015年。

武家势力兴起之后，财力雄厚的武将热衷从各地搜集昂贵的香木。《太平记》里有一段记载，讲大原野的花会，日本南北朝时代的武将佐佐木道誉点燃了足足一斤的名香，实在是豪奢无比的行为，"香风散四方，人皆如在浮香世界中"。

在足利义政时代，贵族学者三条西实隆与武将志野宗信进一步革新香道，细分香木，以味觉分作"甘、酸、辛、苦、咸"，以产出地分作"伽罗、罗国、真那蛮、真那伽、佐曾罗、寸门多罗"，将此两种组合即成"六国五味"。又以和歌、物语等文学题材赋予香味不同的名字，如"初音""白菊""柴舟"等，极富日本传统审美趣味。自此香道也与茶道、花道并为重要的社交游艺活动。到江户时代，香道更为普及，与诗书礼仪一样成为一般男子的基础修养。看江户时代的志野流门人簿册，男子占绝大多数，女子仅占一成而已。大河剧《笃姬》里，小松带刀的夫人小松近（又名千贺）被设定为精通香道的女子，在不同情境下，以不同的香对不同的人传达心意，是剧中非常动人的情节。

明治以降，西风东渐，日本急于跻身近代国家之列，男性对香道的嗜好也被目为守旧无意义的举动。于是香道的重心再次偏向"文弱""典雅""需要保护"的女子的世界，与茶道、花道一样，都成为以女性为中心的艺术。

无所谓文弱或典雅，我日常也离不开香。山居潮湿，壁橱内少不了多放几包鸠居堂的衣物用防虫香，书柜各处也要多藏几包书籍用的防虫香。若是潮湿的雨夜，常会想到点一枝线香。换季时翻出很久不见的衣裳，闻到熟悉的香气，总是蓦然想起《枕草子》中短短一段"菖蒲的香气"，"那时节的香气却还是剩余着，觉得很有意思的"。

气味有时比声音、味道更直接，能瞬间唤起身体深处的记忆，回归从前的某个瞬间。去年，研究所很敬爱的武上真理子老师相继失去父母，心情寥落。不知如何安慰，且送了鸠居堂的"一夜松"，致以哀思。"一夜松"得名于传说，古代贵人路过某地，本来刚刚种下的小树苗一夜间长成冠盖亭亭的巨木，为贵人遮雨遮阴。与武上老师说，这种线香我也常用，一向喜欢。白纸外封上是店员用淡墨写下的"御灵前"三字。日本商场通常有擅长书法的店员，可以根据客人要求随时在礼品外包装上写送礼人的姓名。这样的店员被称为"筆耕さん"（笔耕先生/女士）。用淡墨是为了表达"心情悲伤，泪落砚中，匆忙提笔，不及研墨"的痛切心情。就像送奠金时，要尽量避免放新钞，而尽量用旧钱，以示"事出突然，匆匆准备"之意。这些从前保留下的习俗，原本不知晓，某个机缘突然习得，难免佩服其中的用心，也对固有的"礼俗"更多一层了解的愿望。老师回信来，说香气令人安宁，很喜欢。这是她一贯以来亲切体贴的为人，不论自己多么悲伤，都要去考虑关照他人。我在她身上学到许多。然而就在上月中，竟突然收到武上老师的讣闻，她还很年轻，应有许多研究要继续，这令我们难以接受。参加葬礼前，又去鸠居堂买了"一夜松"。与笔耕女士说要包起来写上"御灵前"之际，未能掩住眼中泪水。没有想到一向喜欢的"一夜松"会作如此用途。

2017年11月5日

芸草堂闲话

周作人的《玩具》，开篇写道："一九一一年德国特勒思登地方开博览会，日本陈列的玩具一部分，凡古来流传者六十九，新出者九，共七十八件，在当时颇受赏识，后来由京都的芸草堂用着色木板印成图谱，名《日本玩具集》，虽然不及清水晴风的《稚子之友》的完美，但也尽足使人怡悦了。"

《鲁迅日记》1923年2月7日条："午后自游小市。晚得其中堂寄来之左暄《三余偶笔》八册，《巾箱小品》四册，共泉三元二角。二弟亦从芸草堂购得佳书数种。"1929年3月2日条："晴。上午内山书店送来从芸草堂购得之画谱等四种，共泉十元五角。"

鲁迅日记与周作人散文中出现的"芸草堂"，正是今日寺町通三条与二条之间的美术书出版老店芸草堂。芸草堂创业于明治二十四年（1891），初代主人山田直三郎曾在书店文求堂修业。文求堂是创业于文久元年（1861）的京都老店，芸草堂主人做学徒的年代，文求堂还没有搬到东京。1901年，文求堂主人田中庆太郎将店铺搬到东京，专营中国书籍，开启了近代日本古书市场上一段辉煌的汉籍流通时代。就像临川书店的名字是郭沫若所起一样，当时如要开辟店铺，主人都会向文人学者求个店号。芸草堂的名字是向富冈铁斋求得的，看板也是由这位京都画家所题，经历百余年风霜，是寺町通上一块著名的招牌。1918年，芸草堂在东京开分店，虽经历关东大地震、东京空袭等灾难，今日也依然活跃在东京，为东京带去京都独特的典雅风流。

创业之初，芸草堂的定位就是专门印刷、出版美术书籍。京都是日本美术工艺的中心地，不仅有日本画界最大的派系四条派，还有各种老铺，特别是特重图样设计的吴服店，以及新成立的各种美术学校。因此制作各种美术参考书、纹样帖、图录，就有非常大的市场。这也是芸草堂能在京都诞生并且活跃至今的重要原因。在江户时代，东都已成为浮世绘印刷及通俗书出版的中心地。到明治时代，首都东迁，许多老铺纷纷搬到东京，新型出版社也纷纷在东京树立门户。从出版数量与种类而言，东京自然超越京都，但多色木版套印及线装书装帧技术，仍以京都最为出色，当中独树一帜的便是芸草堂。

制作一册手工多色印刷的画集，需要雕师、印刷师和纸商家、装订师的共同协作，缺任何一环都无以成书。而只有京都才会有这么多掌握传统技艺的职人，从顺应市场需求到联合各方职人，芸草堂出版了许多优美的图册。创业之初的明治二十八年（1895），就在第四届国内劝业博览会上因出品的木版画谱"印刷精巧，木板雕刻亦佳良"而获得有功三等奖。在明治三十六年（1903）第五届国内劝业博览会上，又以"绢地木版印刷"获得三等奖。芸草堂锐意进取，在竞争激烈的纹样印刷市场脱颖而出，1906年合并了同样经营图案印刷的云锦堂，并广泛购买著名古书店所拥有的版木，成为染色出版行业的名店。

鲁迅日记里还有不少未曾标注出版社的书籍，也都来自芸草堂。如1929年2月8日："午后往内山书店，得《草花模样》一部，赠广平。"这是刚与云锦堂合并没多久的芸草堂在明治四十年（1907）出版的画册，由琳派图案传人古谷红麟所绘。此书今日在市场已难见到，即便邂逅，价格也绝高，因为印刷数原本就少，手工套色印刷职人今日也少之又少。幸好芸草堂妥善保存了当年的许多版木，近年在重现手工套色印刷版画的同时，也会用普通的胶版印刷出版一些精美而价格亲民的图录。有关周氏兄弟当年所收芸草堂书目，可以参考中岛长文编写的《鲁迅目睹书目·日本书之部》，以及近日周运所编《周作人现存部分外文旧藏目录》。

在芸草堂与工作人员提及周氏兄弟与他家的因缘，他们也很感兴趣，照着目录从库房取出一些周氏兄弟当年买过的书，都印得非常漂亮。"鲁迅先生当年给夫人送了这样的礼物啊。"工作人员赞叹，"没想到先生这么温柔。"

寿岳章子的《喜乐京都》里有专篇写到芸草堂："它在美术出版界是非常知名的公司，出过不少好书，即使在现在的古书界都还拥有极高的价值。战后，他们扩大经营，拓展出版范围，在保存芸草堂风格的同时一连推出许多不同的出版作品。""不久前京都的芸草堂改建成现代化的大楼，但是建筑设计之高雅与寺町通的气氛颇为吻合，与附近的老店也相当协调，并不是让人诧异的粗糙建筑。"寿岳说的新建筑便是今日我们见到的芸草堂店铺，狭长而明亮的店铺内摆着芸草堂家的招牌产品，主题有：北斋的富士山与神奈川冲浪、伊藤若冲的草花图绘、四季之花图绘、京都风景、浮世绘中的猫等等。有一张一张手工印刷的版画，也有文件夹、一笔笺、信封、明信片。

芸草堂的广告语中，有"日本唯一一家出版手工印刷木版书籍的出版社"，并非虚辞。与过去一样，出版一种手工印刷木版书，需要复杂的步骤，每个环节都需要技艺精湛的职人。首先要拥有版木，如无现成的版木，则需要请雕师新刻版木。之后需要足够的手工和纸。据芸草堂店员早光照子介绍，虽然印象中生产和纸的地方很多，但适合木版印刷，尤其是套色印刷的和纸，实在非常珍稀。寻访到合适的纸张，则同版木一起交给印刷师。此项工作对职人技术要求极高，不仅仅是印出来的效果有很大差别，如果技术稍稍不足，对版木的伤害也极大。印刷完毕，要交给专门的线装书装订师（经师）。而全日本仅京都、奈良、大阪各有一家能够承担大量线装书装订的老铺，经师严重不足。以最近刚刚上市的《北斋漫画》为例，全书共15编，版木最初为名古屋东壁堂所有，后为东京吉川弘文馆所得，明治末年为芸草堂所有，710张版木，完好保存至今。光寻找合适的和纸，就花了整整一年时间，几乎遍访各处和纸产地，最后选中高知的土佐和纸，所需约8万张。之后是一张一张手工印刷，耗费五月有余。最终拜托经师手工装订，共成150部，虽定价高昂（324 000日元），却是上可与历史对话、下可记录技艺如何传承的重要作品，奢侈且令人感佩。

百余年间，未能抵挡住时代变迁的浪潮而消亡的旧书店、出版社不知凡几。芸草堂屹立至今，实在难得。"我们不会做不能再版的书。"早光说。旧书店主人们也经常说，真正的好书，要经得起旧书店的拣选与洗礼才行。两种想法可谓相通。

芸草堂也积极探索新时代的审美，复活传统。很喜爱芸草堂出版的四季花草图谱，据说一共有两百余种，均为京都本地画师所绘。河原崎奖堂（1889—1973）是其中的佼佼者，他出生于京都下京区，本名清一。从小喜爱画画，长大后成为染织图案专家山本雪桂的弟子，也曾在竹内栖凤门下学习。20世纪50年代，成为芸草堂的监事，同时开始创作大幅植物版画。当年印制的版画，如今仍能在旧书店频繁遇到。比起北斋、国芳等江户时代著名绘师的题材，价格要低廉太多，是适合入门收藏的版画。据说过去卖得特别好的，主要是樱花、朝颜、绣球、菊花、山茶等传统题材。而近年，当年颇受冷遇的橄榄、夏柑橘等题材和构图不太传统的版画却大受欢迎，所谓一代有一代的审美。芸草堂发现商机，挑选了一批四季植物纹样，印成明信片、小文件夹。鸠居堂等店铺均有进货，很得好评。在旧书店遇到芸草堂过去印的版画或图录，如果不是很贵，总忍不住想买一些收藏，仿佛是在回应鲁迅与周作人的趣味。同时也为芸草堂仍然活跃在今日感到庆幸，这是只有京都才能赋予的底气与生命力吧。

2017年11月28日

净土寺的咖啡豆

很长一段时间,我都住在地名里带着"净土寺"的地区,有时是"净土寺"的西侧,有时在南侧,还经常路过一座叫"净土寺桥"的小桥。然而净土寺现已不存,只剩下地名。据说这里从前是一座地位甚高的天台宗寺院,大约在银阁寺附近。因而今日银阁寺附近、瓜生山以北、吉田山以东、南禅寺以北的区域,就留下了许多与净土寺有关的地名。这样的情形在京都很常见,许多殿宇佛阁在战火天灾中早已无迹可寻,只留在地名里供人凭吊,像北京的金台夕照那样惹人遐想。

2022年初春,我搬到了距净土寺遗址更近的地方,发现这里许多人家门上都贴着"八神社"的守护符。问邻居才知道,净土寺一带的镇守神社是银阁寺北侧的八神社。那是月待山附近山坡上的小神社,朴素的石阶通往树林中小小的朱红色神殿，台阶两旁挂满附近商户供奉的纸灯，夜里亮起朦胧的柔光，有一种神秘幽深的气氛。虽不知这神社何时由何人所建，但历史应该很久远，与净土寺的关系也由来有自。多年前住在银阁寺附近时，偶尔会去那里散步。元旦头三天，神殿会开，摆着小小的供桌，一旁的巫女会给每一个到来的人送几颗甘米酒味道的小糖果。

将新家收拾好，已是樱树花苞蓄势待发的3月中。某日黄昏，沿着哲学之道散步，疏水道两岸盛开着山茶与喷雪花。偶尔路过一队游客，前头的导游举着三角小旗，是久违的一幕。我也起了游兴，想在路边小店买杯咖啡，不料连续几家都关着门。有一家门虽开着，店主却坐在河边与友人聊天，说今天已提前结束营业。想到家中咖啡豆也快见底，很有必要在附近探索一家可靠的店铺，便打开地图检索——三百米外就有一家评分非常高的手工烘焙豆小店，系统显示还在营业时间，我决定立刻过去看看。

拐入哲学之道西侧的小巷，一路南行，进入了闲静朴素的居民区。家家门前都有植物，收拾得非常精心。京都每一处街区都有独特的氛围，远不是"高尚住宅区"或"平民区"这样简单粗暴的分类法就能概括。透过人家门前张贴的党派海报、标语，可以推测这里住民的政治倾向；透过植物品种、盆栽样式，可以推测住户的年龄层，甚至经济状况。

需要花很多工夫才能培育出的松树盆栽，一般不是年轻人的作品，而越过墙垣的巨大树冠则昭示了这户人家的非庶民属性。友人省吾曾抱怨，近来京都的窃花贼比从前更多，摆在门口的盆栽植物或蔬菜经常不翼而飞。我也是搬家后才意识到，摆在门口的植物自己平时并不能看到，恨不得把所有植物都放到视线可及的窗前。与省吾交流了这种心得，他说，把植物摆在门口不仅有家中空间小等现实原因，也不一定都是出于无私分享的好意，还因为植物是主人面貌的体现，漂亮的盆栽相当于精心的装扮，就是要给人看才有意思，而不欲衣锦夜行。

"宁愿冒着被偷走的风险？"

"正因为这样，街巷才有这样的风景，不是吗？如果大家都把植物藏在家里，外头得多冷清。"

窃花贼在日语中叫"花盗人"或"花泥棒"，人们通常选择原谅不太贪心的小盗，遇到下手太狠的惯犯才会报警。花园里的警示语通常有几类："摄像头监控中"，严肃警示；"窃花亦为盗"，重申定义；"这是主人辛苦种出来的花，你怎么忍心下手呢？"循循善诱；"有人看着你呢，还是住手吧"，敦请悬崖勒马。偶尔也有慷慨的主人，把自家庭院修剪下来的花枝放在门口的水桶内，"如果愿意的话，可以自行取走它们"。

很快就到了地图上所指的咖啡店，空气里的确飘浮着淡淡的咖啡豆香气，左右却不见店铺。不死心，拨打了店里的电话，似乎是手机号码，对方迅速接了起来。

"您好，我最近刚搬到附近，看到地图上说您家卖咖啡豆，可是我照着地图没有找到您家的店。"

对方道："真抱歉，我家没有店面，只能网购。地图上显示的是我烘豆子的工坊，让您特意跑一趟，实在太不好意思了。"

绕了一圈都没有找到咖啡豆，只好先回家。我在选择新品牌时通常很谨慎，不想为了自己不支持的理念消费——虚掷宝贵的投票权。很容易就找到了他的主页，最近的一篇日记说：

左京区这个国度的春天已经到来。从漫长冬季的蛰伏中醒来的人们悄然走出巢穴，为了庆祝春天的到来与重逢，而开始了种种"玩乐"。"玩乐"并非一时的享乐与消费。而是远古时代延续至今的，传承人类记忆的事业。灾害、疫病、战火、同伴的死亡——饱含种种思念，人类聚在一起，通过"玩乐"的形式传递这一切。让我们在生命枯萎之前相遇吧。

又一篇日记，呼吁大家去给京都府知事选举投票，凭投票证可以在某家与他合作的咖啡店打折消费。我放心了大半，想来也可以给这家豆子投票，先买了尝尝看，如果味道好的话就更妙了。

在线下单后，很快收到店主发来的确认邮件，第二天就在邮箱里收到了一盒咖啡豆，附了一张手写的小笺："非常感谢您在众多店铺里选中我家的豆子，希望它们给您带来愉悦，樱花快开了。"

幸运的是，他的豆子确实很美味，我很快消耗完这批"买了尝尝看"的豆子，又下单了一批。他的送货速度依旧神速，我还没来得及去邮局付款，豆子已出现在信箱里。仍有手写的小笺：

真高兴您愿意继续选择我家的豆子，樱花已经开了。风景这样美丽，世上却正发生战争，而这一切都与我们有关——至少咖啡豆进货变得更困难。我在烘焙的时候就在思考，怎样透过咖啡传达我对世界的思考？而咖啡确实是一种联结世界各国的国际化商品。

另有一张左京区年轻人办的小报，上面有他的一篇小专栏，结尾这样写道：

生活在现代社会的我们,与自然诀别后,共同体已然崩坏。抛弃了共同体,代之以社会系统,构筑了暂时的繁荣。

但因为过度依赖系统,人们丧失了从前传承的记忆,丧失了自主性,丧失了多样性,丧失了生存的空间。

丧失记忆的人们,很快就会与自然,与他者,与个体分离。这也导致了人类存续的断绝。

我们应当找回属于自己的记忆。

非常平民主义的左派宣言。眼前浮现出左京区很多持有同样主张的小店铺,他们坚决反战、热爱和平、尊重个体、友爱邻人、拥抱外部世界——店里通常会挂一面写着"I hope peace"(我渴望和平)的蓝色小旗,那是帮助相近立场的人们找寻到彼此的标志。

而在他的专栏右侧,赫然就是蓝色和平小旗提倡者之一、京都左派活动团体"草根计划"创始人井崎敦子的短文。她一直以左京区为据点,积极推动与妇女儿童权益相关的各项市政改革。我很支持她的主张,也经常在我喜欢的店铺里邂逅她的活动海报。她在专栏文里回忆了自己从前开小咖啡馆的挫折,正因为自己不善经营,才更想支持每一位辛勤开店的个体户,因为个体户意味着"自主、自立、自由"。

小报上介绍了许多左京区的独立小店，绝大多数分布在鸭川以东、平安神宫以北、一乘寺以南的区域，京都大学、京都造型艺术大学也在这片区域里。这些店铺主要是咖啡馆、餐馆、旧书店，也有理发店、乐器店、照相馆，共同宣言是："从左京区开始，从左京区连接彼此。"

许多店铺我都去过，比如一乘寺的书店惠文社，还有我常去的冲绳餐馆 Goya。简直是和平小旗的联合大会，他们在平安神宫也有定期聚会，聚在一起摆摊。我好几次在公交车里看见，非常快活热闹的场面。这是京都的新面相，与旅行杂志上常见的古典风情不同，是平民互助与交流的盛会。我喜爱这一切，仿佛看到了某种希望，自己也获得了鼓舞。

2022 年 4 月 20 日

岁时

种花与买花

读李慈铭日记,许多种花、买花的记录,四时花事不间断,很喜欢。随手抄撮云:同治三年四月十六日,"买芍药花紫、白各一丛。都中此花最多,而价极贱,一钱可得数花。白者稍贵,紫次之";光绪四年六月二十六日,"是日溽暑不可堪。买荷花数柄,分插瓶中。食冰沁西瓜,读东坡诗,用以遣烦辟暑。贫士消夏之法,不过如此而已";光绪十一年三月二十九日,"近日寓庭藤花甚盛,今日自崇效归,特至花下徘徊顷许,忆香山《三月三十日慈恩寺》诗云'惆怅春归留不得,紫藤花下渐黄昏'。为之吟讽不置";光绪十三年三月十一日,"比日,厅事前迎春一树,作花如旌帱,黄艳四照,绮粲金明。……春花自菜花外无黄色者,蔷薇有黄者,木香亦有之,皆开于夏初。牡丹、芍药黄者,极难得。唯此花金色细朵,先花后叶,独秉上德之秀,当为赋诗以张之"。不胜枚举。

嘉道年间学术界影响力最大的阮元，开辟诂经精舍，编纂《十三经注疏校勘记》《皇清经解》之类大型丛书，培养后学，提出新的研究法与研究方向。他的《研经室集》内也有许多种花栽竹诗，虽少佳句，据闻亦不乏幕僚代笔，而意思很可爱，亦多记事，可补其人生平细节。如《驻杭州时，每九月花奴自扬州载菊一舟来，一时瓶盎轩阶俱满，奉严亲宴花下，饶有家乡风景，为写秋江载菊图题之》（1802），"一船秋色过金山"之句饶有风致。阮元曾任浙江巡抚约十年，杭州应也有很好的菊花，但还是眷恋故乡扬州来的菊花船。一年后，他又题此画，可惜今天不知此画何处去。那年冬天，他的书斋有"晚桂数枝依瘦菊，春兰一朵伴香橙"，注云"时盆中晚桂复开数枝，春兰亦开一朵。菊根稚蕊尚有作花者，同在冬至之时，友人多赏之"。这是阮元室内的冬季用花，盆栽是晚桂、秋菊、春兰，清供则是香橙，可与同时代绘画中的书斋景色对照。

而他种花并不限于盆栽，还有近乎造园的大手笔，如嘉庆四年（1799），借寓京师衍圣公邸，曾载竹三丛、藤花两本。嘉庆十五年（1810）再寓，添载槐、柳、桃、海棠、栾枝、丁香，并旧有古槐、榆、椿、枣、縠，共三十余株。诗里说："三公庭下例栽槐，更取时花处处栽。淇竹低随青柳密,海棠高共紫藤开。"不唯种花,也要种菜:"呼童荷锄来,劂破半畦土。"道光七年(1827)亦有《摘蔬》诗,"我园春菜多,绿畦隔花卉""呼儿共晚餐,使识蔬笋气",便可窥见他的趣味。

《燕京岁时记》里讲卖花:"玫瑰,其色紫润,甜香可人,闺阁多爱之。四月花开时,沿街唤卖,其韵悠扬。晨起听之,最为有味。芍药乃丰台所产,一望弥涯。四月花含苞时,折枝售卖,遍历城坊。"

等到读《小团圆》,又遇到芍药花,九莉在母亲节这天走过花店,"见橱窗里一丛芍药,有一朵开得最好,长圆形的花,深粉红色复瓣,老金黄色花心,她觉得像蕊秋。走进去指着它笑问:'我只要一朵。多少钱?''七角钱。'店里的人是个小老仆欧,穿着白布长衫,苍黄的脸,特别殷勤,带笑抽出这一朵,小心翼翼用绿色蜡纸包裹起来,再包上白纸,像婴儿的襁褓一样,只露出一朵花的脸,表示不嫌买得太少"。

只是这是上海的西洋花房,卖的是法国切花。《申报》常见"西洋芍药发售"的广告,"芍药以法国产者为最新奇。花大如碗,香气袭人,形容绰约,尤非邦产种所能比拟。本园上年运到一大批"云云,地址是"浙江定海县镇署旁仙乐种植园"。

我也喜爱芍药花。大约三四月，花房就有花枝售卖，骨朵裹得紧紧的，只露出一痕颜色。回去要养一阵才能开，品种仿佛叫"婉丽"。到4月，就是很大朵的粉色芍药，沉沉堕堕，非常漂亮，似乎叫"泷之妆"。在这里住了这些年，虽然数番迁居，但总没有离开北白川、银阁寺一带，常去的花房，在白川通、今出川通交汇处西南角，曰井上花坛。这家的夫人精熟花艺，是店里的灵魂人物。她很瘦，鬓发银白，涂很好看的唇彩，柜台内侧总有她随心安置的一小束花，十分不俗。

很喜欢与她聊天，每当我茫然不知如何搭配时，她总能给出极好的意见。绿色的菊花、百合、松枝，看着太冷清，那就用几枝金丝桃果子。芍药呢？她温柔一笑："那就山吹好啦。"当时我才搬完家，她将花束包好："新居新学期，愿花儿带给你一新的心情，而我们还能常常见面。"这些话一经复述似乎很无味，但听取的当时，心情真如棣棠花一般明亮起来。

初夏是桔梗、绣球、铁炮百合、燕子花。有一日，她送我三枝燕子花，说快开完了，且留住一点初夏的怅惘。又说，或许可以搭配石竹，但还是罢了，清瘦高挑的燕子花本来就不太合群，一开总是一大片。莲花呢？一大束，再来两只莲蓬就好了，典雅庄静。

秋天是龙胆花，紫色的，存在感很强，配什么好？她为我挑了几枝浅蓝色的琉璃唐绵，又两枝粉色的补血草，十分好看。

冬天呢？乌桕梅花一样的果子、松枝、朱红果子的草珊瑚、水仙、诸色山茶、木瓜花、甘香丰满的大佛手，我似乎下意识倾向挑选绿色、蓝色、白色系的植物，而她总会给我点缀一点小红果、鹅黄色，"这样好像暖和一点啦，你看喜不喜欢？"当然喜欢啦。也经常交流植物异名。乌桕，日文叫作南京栌。琉璃唐绵，天蓝尖瓣木。Clove，丁香。睡树，合欢花。这些闲话，总令我非常愉快。岁时变换，一定要去买束花，与她聊会儿天，所谓"季节感"。我对西洋植物不太熟悉，常不知如何搭配，还是买传统花木的多，大约是清供图一类的画儿看多了，心里也不陌生。

夫人因为精通花道，店里常有花道教室和茶道教室的人来。茶席用花，比起常见切花，更多使用一些清寂别致的花材。譬如有一年5月，在店里看到硕大一枝樱桃，翠叶间挂满朱红、橙黄的樱桃果，非常夺目。夫人笑，说是冒雨从自家山中斫来，可以当茶席瓶插。说话间摘了几串给我吃，很清甜。9月初，店里有鸡冠花、败酱草、芒草、葛藤，还有野栗枝子，挂了小小的毛茸茸的绿果子，非常可爱。此外尚有山藤、荷包牡丹、夏椿、露草、秋海棠、泽兰，种种西洋花店不常见的植物。

今年春节，照例不回家，去花店买一束早樱，一束菜花。与夫人说，今日为旧正月的除夕。她笑道："旧正月，真令人怀念的词汇。我儿童时，虽已行新历，但祖父还是讲究旧正月。到了日子，家中别有一番准备。祖父去世后，自然就都不记得日子了。"又云："这樱花，对温度最为敏感，稍稍一点暖意，转瞬便开了。"帮我将高大壮硕的樱枝剪成适合瓶插的高度："如今年纪到了，剪不动了。年轻的时候，我力气很大，常常得意，女孩子力气大，正好侍弄花木。"

之后两三天，早樱果然开了大半。外面还很冷，特别是山中刺骨的朔风，令人生畏。而室内花暖春温，倒令人怅惘。我总是希望时间过得慢一些，譬如盛夏时希望秋虫晚一点啼鸣。寒冷的深冬，因为有漫长的黑夜可以拥被消磨，有遥远的春天可以盼望，因此也不那么恼人。

2017年2月4日

梅雨时节

要说宜居，恐怕京都算不上十分理想。我现在的住所，在植物丰茂的山腹。冬天气温要比山脚冷好几度，积雪长远不化。冬天的大问题是防寒。十分向往灯油炉，橘红色温暖的火苗，微微的灯油臭味。上面可以坐一只水壶，咕嘟咕嘟沸腾了，或者把橘子皮放在上面烤，这是我去香织家常见的风景。但出于安全考虑，房东明文规定，不许用烧灯油的炉子，虽然经常闻见他家屋内飘出的好闻的灯油气息。因为家中书太多，我对电暖器始终也很警惕，只好依赖被炉和空调。好不容易天气转暖，满山飞腾的杉树花粉又令重度花粉症的我大为苦恼。夏天不用说，酷热闷湿的盆地气候与重庆十分相似，往往令外地人望而生畏。因此夏天要有刨冰、团扇、风铃、浴衣，要有种种取乐方式，才能熬过炎暑的试炼。

幸好有梅雨季节，清润阴凉，燥热5月与炎热酷夏之间平稳悠长的过渡。稻田满水，禾苗新绿，梅子黄熟。石榴、夹竹桃、蜀葵、绣球，是无边深绿中绵密的色彩。最喜爱栀子花，非要雨天才好，腴白饱满的花朵，若是晴天，只是恹恹的闷香而已，断无雨日弥漫萦绕的怅惘清芬。

近来从周由北京来此小住。我们在一起的时间不短，却是第一次共同经历京都的雨季。我喜欢雨天，这是冷僻的爱好。从周虽然十分尊重我，但在这点上还是有不小分歧。他更热爱晴明的好天气。我从前虽无数次描摹过京都的雨季，却是第一次与人朝夕相处地分享，也获得了全然不同的体验。

京都的物候与故乡大略相近，5月末、6月初，枇杷初黄，水边始有萤虫明灭。等不再看到萤火虫时，大约也是梅雨开始的季节。气温会骤然降落一些，梅雨前锋过境，开始有闪电与雷声。今年梅雨前期十分少雨，因梅雨前锋滞留南太平洋，台风也少于去年。绣球与栀子都不太喜欢晴天，因为饱满硕大的花团与阔叶都需要充沛的雨水，才能显出丰润的颜色。但晴天对莲花很友好，暴晒之下，叶片格外庞大，也更容易抽出花葶。

梅雨天，大家不爱出门。于是有一些小店会挂出招牌："如果今天下雨，就可以打九折。"或者："近日推出梅雨套餐，选用增进食欲的食材。"我有师兄，每每听到我说喜欢梅雨，总是大为讶异："我不喜欢，湿答答，衣服晾不干，走在路上伞碰伞，鞋子要湿。骑摩托车的话，穿着雨衣，粘在身上，简直要崩溃。"雨衣，日文读作"かっぱ"，汉字写作"合羽"，来自16世纪传入的葡萄牙语"capa"。因为发音与"河童"相同，开始我以为语源来自该词，师兄也迟疑，毕竟穿上雨衣、戴上帽子，要说像河童，也无不可。后来才知道两个词汇并无关系。

的确，雨天还是在家里的好。因为我家离学校不过数百米之遥，平常又绝不走远，完全体会不到雨天出远门劳作的艰辛。在家中窗前看山中大雨，或者在研究室窗前看茂密的树林，是无上的清福。视野里有几株老松，还有几株广玉兰，十分庄严。

校内与附近山寺，有几株熟悉的梅树。我总擅自将这些植物视为友人，开花时去拜会，像记好友生日那么清楚。真如堂墓地当中高高堆起无缘墓，背后是一株巨大古老的白梅。2月中，花开胜雪，十分清绝。我很仰慕这株梅树，墓园也仿佛因其守护而变得气氛清幽。转瞬到了眼下，阴雨连绵，与从周去墓园瞻望梅树："以前你只看过我好朋友的照片，现在带你亲自去拜访。"恰好赶上好友果期，满枝澄黄果实，小灯笼一般，又落了满地，苍苔遍布的墓石上也落了许多。从周跟地上匆忙溜过的蜥蜴、枝上的乌鸦与鸟雀商量："我们可不可以捡了吃？"就挑那表面光滑、似乎还不曾被动物们光顾的黄熟梅子，略擦一擦，剥开皮，露出金黄的梅肉。我想那必然很甘甜，吃了一口，果然如此。二人非常愉快，连吃好几枚。梅子与杏长得很像，但梅核更斑驳，不似杏核那般光滑，果肉也微酸。看过墓地的梅花，又来这里吃梅子，毕竟不是很通俗的趣味，我们也不敢多加打扰，悄悄合掌离开，去往隔壁金戒光明寺的西云院看新开的莲花。

梅天的雨云说来就来，顷刻洒下雨点，开始还疏阔零星，几道闷雷滚过，忽地倾盆而下。我们匆忙穿过开满绣球花的庭院，眼前雨线如织机经线，伞毫无用处，衣衫立刻湿透，我的草履也浸满雨水。幸好离真如堂正殿不远，咬牙冲进暴雨，奔到大殿廊下，赤足登上高高的台阶，躲到宽阔的檐下。瓢泼大雨将视野中的三重塔、南京椴、石灯、树林一例模糊。大殿顶上排水槽奔泻而下的雨水如瀑布般倾入石臼，又滚滚流向两侧石槽，排往地下的水道。京都自古多水患，下水系统很发达，再大的雨，地面也不太见到积水。大殿廊下还有一位中年人在默默躲雨。彼此轻轻点头示意，他并不到台阶上来，而是撑着伞在阶下立着，浑身湿透，或许是担心弄湿木质台阶。

我与从周在阶上默默看雨，虽然震耳喧嚣，却有一种静寂，甚至觉得很安全，仿佛是儿童时的光景，忧愁都暂时想不起来。雨很久不停，在殿前不敢有太舒展的姿势，一直跪坐。从周被暴雨的白噪声催眠，觉得天地安宁，竟在旁边睡着,令我十分羡慕。不知过去多久,天稍稍亮了些,雷声也远了,雨似乎不曾小,但风安静了一些。阶下等雨的中年人擦了擦眼镜,毅然执伞而去。

我们又等了许久,直到雨帘渐疏,从周睡醒,才踩着雨水缓缓离去。寺内石板路被冲洗得极洁净,大缸内的莲花高高摇曳,空气里弥漫着木构建筑清润的香气,蛙鸣渐比雨声更响亮。不知何时,雨已停歇,天上层云间一轮皎月浮出,四山静谧。寺门前立着一块牌子:"请不要带狗进来散步。"那牌子下却坐着两三只躲雨的猫,很威严的样子。从周对它们喵喵打招呼,它们也不靠近,只是端然坐着,静静望着我们。我们也不敢贸然打扰,即在原地蹲下,同它们低低说着话。忍不住朝前走一小步,猫就很审慎地后退一小步。从周忽然说:"这大约是京都与我保持的距离,不可以靠得太近,也无法靠得太近。"我听着很有意思,认为是隽语,故照录于此,彰显他的趣味。

2017 年 7 月 10 日

文中所云真如堂墓地的大梅树,竟于今年 3 月 9 日被砍去,说是丰富的根系恐有拱坏墓地之虞。幸好种莲师傅省吾已扦插成活一枝,可为余绪。

2018 年 4 月 3 日补记

照冥灯闪水波寒

前日夜里，在家附近新开的小酒馆吃饭。席间店主在柜台内道歉说："小店8月12日至18日休息，实在对不起。"我喝酒正当愉快，随口问："是回去过盆节吗？"对方怅然："今年是新盆，因而要早点回去。"话到这里，我也很抱歉，轻轻点头，一时沉默。

所谓"新盆"，即亡人故去、断七后的第一个中元节，亦曰"初盆"。需要请僧人到家中做法事，准备种种祭典。时期比寻常盂兰盆节更早数日，颇似故乡所云"烧新经"者。《清嘉录》"七月半"条所载亦颇同："中元，俗称七月半，官府亦祭郡厉坛。游人集山塘，看无祀会，一如清明。人无贫富，皆祭其先。新亡者之家，或倩释氏、羽流诵经超度，至亲亦往拜灵座，谓之'新七月半'。"

时光迅疾，一年已过大半。日常散步附近寺中，见墓前所供花束已有鸡冠花、龙胆、百日红。《东京梦华录》中讲到盂兰盆节，说七夕之后，就要搬演杂剧《目连救母》，直至十五日止。到中元前一日，市上要卖楝叶、鸡冠花。

中元节是夏秋之间的重要转折，自此而后，秋夜渐长，凉风亦渐有金石之声。在故乡，年中最重节令，除春节之外，则为清明、中元、冬至。逢此四节，都要祭祀先祖，方言叫作"烧经"。清人李懿曾《望江南》一百阕中有咏盂兰盆节："通州好，胜会数盂兰。施鬼饭沾花雨湿，照冥灯闪水波寒。驳沓夜深看。"其下注云："地藏灯，一名照冥灯。""地藏灯"，据说就是用整纸糊成荷花样式，泊于河面，传说野鬼得此，可得超度。清人李琪《崇川竹枝词》亦有咏其事者："照冥灯事最繁华，水面浮来五色瓜。不数巧工丁缓手，年年金绮送包家。"注云："中元节地藏殿瓜灯最奇巧，相传明郡人包水部壮行所制。"地藏殿的瓜灯，我当然不曾见过。但对"照冥灯闪水波寒""照冥灯事最繁华"的遗俗，却还有一些邈远的记忆。

过去乡里有人亡故，要请僧道两班来做法事，诵经超度。道士的节目很复杂，为首的大道士换一件玄色刺绣纹样的大道袍，头戴黑帽，当中一块明镜，手执拂尘、串铃等物，高高地站在临时搭建的台上念着什么。他手下的弟子有穿黑道袍，有穿红道袍。乐班的几位敲鼓、吹笛、摇钟磬、打铙钹，尽作哀声。有几位负责帮大道士张贴榜文。当门贴的黄纸上写着亡者姓名、生辰、故去时辰、由某某神灵接引等文字。院中有各种复杂的纸人纸马纸楼台，用苇篾、花纸、金银箔扎成。扎糊匠与吹打的乐工，乡里统称"阴匠"。他们平时与常人无异，做务农、务工之类的普通工作，只有遇到丧葬才会被请来。似乎也没有职业道士，因为不大记得故乡有道观，从前一概被视为迷信。寺院倒是有的，有恪守清规戒律的僧人，也有娶妻生子、会念经的和尚。小时候对此并无很多兴趣，觉得阴森吵闹，总是远远避开。

这些彩纸金银箔制成的种种物件，在葬礼结束后要被抬送至旷野的某处，一路仍是道士做法事。此后七七、清明、中元、冬至等日均有法事。其中清明要上坟扫墓，中元、冬至则在家中祭祀。而中元节的名目更复杂一些，有放夜灯的风俗。

夏末秋初的夜里，常看到某处星星点点迤逦的灯火。幽光明灭，倒映在清波的河水中，像漫长的叹息，不知可曾照亮幽冥的路途。这样的活动，我似乎只参加过一次，已不记得那是哪家亲眷，似乎是母亲故乡那边的人家。那夜所提的六角灯不是常见的、放在水上的莲花形灯。做法是将芦苇秆中间一段劈开四股，当中固定篾条扎成的正方形，在正方形四个角上固定四条苇秆，由此乃成八面六角。将此八面中的七面糊以棉纸，独留的一面再用篾条扎一个相匹配的三角形，一边固定在六角灯上，形成可以开阖的小门。其上糊以同色棉纸。内中绞缠铁丝一段，插蜡烛。行走时手提芦苇秆的上端，点燃蜡烛。棉纸有红、绿、黄、紫、玫瑰诸色，罩着跳跃的烛火，是小小一团清光。

秋初月色照拂的小路，一行人提着小灯，跟随道士漫长的诵经声缓缓行走。一路珍护的六角灯最后要聚集在水边烧掉——连同纸扎的辉煌精致的楼台殿阁，在越蹿越高的火光里发出窸窸窣窣爆裂的响声。它们烧得很快，火舌一卷，就轰然倒塌。淡蓝的烟气四下弥漫。深碧的水色也照得明亮。火焰渐渐低下去，最终只剩星星点点的余烬。有人拿竹竿拨弄，确认东西已经烧干净。乐班又开始吹笛、打铙钹，一众人原路返回。大家渐渐开始聊天，仪式已经结束了。而今市上有更精致辉煌的莲灯售卖，却已有十多年不曾在故乡度过七月半。

2017年8月20日

客中之雨

8月有夏季研究会，合宿三日，住在学校不远的圣护院，与师姊一起负责看管钱箱。每日一早，坐在会场外的桌前，等着开会的人交资料费、住宿费。师兄怕我们无聊，送来一叠气泡纸，意思是可以捏气泡消遣。我们都笑，谁会真的去捏。然而过了半日，气泡纸还是遭遇了我们的荼毒。恰好台风过境，连日暴雨，不断收到洪水警报。我们住在安全的屋内，外间风雨十分遥远，雷声也听不见。

合宿结束，交接钱箱，核算无误，与师姊相顾大松一口气。一年已半，可以回去饱睡一场。到家看见阳台牵牛花藤离开了花架，才想起因台风所致，而眼下却是极晴热的天气，益发衬得屋内散乱的书堆十分恼人。无论如何都该买只新书架，但并不知道未来会去往何处，搬家之际，岂不又添负担？犹豫再三，终于下了决心，网购组合书架一只。倒头便睡，醒来已是黄昏。

隔日收到书架，在家费力组装完毕，收拾书堆，终于得到一方整齐的空间，虽然明白不一定能维持多久，但依然十分愉悦。师姊短信来，约我出门散步，说天满宫有七夕祭，欣然而往。

残暑酷烈，闷湿难耐，坐公交车至天满宫。见神道两边列满青翠的竹枝，系了五彩笺纸，微风过去，写满的祝愿簌簌闪动。刚来此地读书时，就有师兄师姊吩咐："不要忘记去拜天满宫。"又说："拜了并不是说，一定保佑你成功，而是你与天满神默默许下的约定，如果你好好努力，他会默默鼓舞你。如果你不好好努力，他也会生气。"十分虔敬。我也不敢造次，头几年都老老实实过去，默默报告一下今年写了什么，明年打算写什么。

天满宫斜对面有一家很出名的豆腐店，买了一盒豆腐味道的酸奶。师姊见廊下挂着很特别的梅花形"注连绳"，问店家是何处求得。店家笑云，是正月时天满宫的人送给这一带商户的特制样式。"那梅花，很可爱，一见就知是天满先生的。"店家很开心地说。

那附近有一座本地人很熟悉的钉拔地藏，说是可以如拔去钉子一样解除人的苦难。散步过去，寺庙里一位工作人员细细整理炉内香灰，压出整齐的棱纹。与师姊各自点了一支蜡烛，又焚了线香。下班的住持同我们打了招呼，缓步离去。正殿两侧墙上挂满铁剪与长钉，是人们来此还愿时的供养。"你若实现了愿望，记得要来还愿。"师姊吩咐。

天渐暗了，回到天满宫，空地上有猴子在表演节目，非常原始怪异的情趣，竟没有动物保护组织干涉。我们看了一会儿，默默离开。附近上七轩的年轻舞伎，静静立在茶摊边，人们可与她们合影。舞伎楚楚可怜，眉长蹙着，如此热的天气，十分辛苦。又过了一阵，客人渐少，她也拿了一条朱红的围裙，系在身前，帮着茶摊的姊姊们一道招呼茶客，黑色的衣裳与朱红色相配，很悦目。

阴凉处的席子上晾着梅干，见过这里的梅花与青梅，如今也见到了梅干。跟随师姊，向神职人员领了蜡烛，穿过回廊，走到流水中。浅川两侧石壁内燃着五色蜡烛，手中的蜡烛可以凑去点燃，小心翼翼擎着，涉水登岸，插到烛台上，是所谓的"御手洗祭"，说是可以清净身心，祓除不祥。有一位年轻舞伎，小心翼翼提起和服衣角，跟着一位中年人，也在水中艰难走着。她年轻貌美，腰带上绘着灵巧的彩色瓢虫，与她身边的男人十分不相宜。

等天完全黑下去，幽明中的竹枝更为清美，缓步去隔壁的上七轩看中元节的舞蹈。整条街的女子，不论老幼，均着浴衣，应节而舞。两边挤满高举相机的游客，秩序虽不十分井然，而看她们的神情，却有一种异样的庄严。我们也在拥挤的人群中，看她们优美而寂寞的舞蹈。有几位老太太跳得非常好，后来才知道她们从前都是这里的艺伎。有很小的女孩儿，跟在母亲身后，勉强作舞。母亲耐心教她舞蹈的动作与歌谣："见到一座山，又有一条河，穿过去……"双手张开、合拢，指尖用力，脚下的节奏也不复杂。

外面的街道已十分寂静，这一带远不如大学附近热闹，近年来萧条得很。我们看了一会儿，在路边吃了红豆饼，依然不饱，想着应该吃晚饭，仿佛过了漫长的一天。走了很远遇到一家拉面店，漫然聊天。师姊是秋田人，在京都生活了许多年，但本地很多地方都没去过。现在终于毕业，要拼命去赏玩。不知为何又谈到女性问题。师姊家中都是女儿，母亲受了父亲许多委屈。淡淡几句，因为都是女生，所以彼此十分明白。问及中国渴望儿子的家庭，是不是会给女儿起带"弟"的名字。我说，的确是，过去常见，招娣、引娣、来娣。她露出不可思议且嫌恶的神色，笑说，竟然真会如此。又问了一些事。我说，也是有的。她摇头，可见这世上生活在地狱里的女性，实在太多。又补充说，不唯女人，但凡弱者，总在地狱里。沉默片刻，她望定我，微笑说："我们还是应该怀着一点希望。"

或许是这天走多了路，接下来两日，多半在昏睡，白天依然极热。夜里凉快下来，渐有秋天的意思。时序更迭，足可触目惊心，但还是再睡一会儿，再逃避一刻吧。又一夜，不知为何睡不着，坐卧至天明，睡到近午。做了一些吃食，觉得味道尚可，心情也略开朗。可能太无聊，那一阵喜欢锻炼左手，切蘘荷时也如此。刀新近磨过，刃十分锋利，轻松切开指肚一块皮肤。记得在天满宫那天，见到一把古刀，名曰"猫丸"。怎么会用"猫"这样可爱的字眼？名称由来却极血腥，说此刀锋利无比，有猫奔过，顷刻两截。

午后开始下雨，将屋瓦洗得清亮，白墙上似乎也要生出苔藓。新书架早已被填满，屋子里再度出现散乱的书堆，然而再没有更多放书架的空间了。这雨很没有季节感，漫天而来，仿佛是春末，或是梅雨，又好像是深秋。也模糊了地域特征，故乡有，外乡有，何处都有。人就在无边的寂静里看雨，暂且抛下逃亡的心思。一时蝉声大作，比雨声更响，才晓得夏天还没有太远。楼下道中有小女孩快乐的声音，还有母亲温和耐心的答语。由远及近，又渺然远去。

转眼到了秋天，师姊传来好消息，确定了未来数年的研究经费，也找到了研究所的职位。凉风悠长的走廊内，黄昏来得很早，她静静笑道："那天我们一起去天满宫，其实我心里很不安，想着前途未卜，也许要告别研究了。没想到有天满神的眷顾，非常侥幸，也非常惶恐。"我也度过了漫长艰难的夏天，想起她当时说的那句"我们还是应该怀着一点希望"，忍不住合掌赞叹："真是太好啦。"这条路上的女性前辈不多，每一位都很优秀。很多想离开的时刻，都会想起她们。再稍稍坚持一下吧，像师姊对我一样，温柔地对待师妹们。

2017 年 10 月 5 日

寒冬的衣裳

柳田国男在《木棉以前》中写道：

　　说到日本人穿什么，主要材料自然是麻。直到明治初年，麻依然被广泛种植。麻的种植量越来越低，是因为世人对麻并没有像对棉花那么重视。都市的居民夏天也穿棉布单衣，一年当中几乎不穿麻的人越来越多，不过也发现，乡野之地还有不少穿麻的人。近来去熊本县九州制纸公司，我尝试寻找纸张原料的提供地。稻草自然是附近农村一带收来，有些意外的是，旧布头，特别是旧麻布多半是经过大阪，由东北寒冷之地传来。没想到奥羽地区麻布的消费量会这么大，渐渐听说，那些地区一般冬天也穿麻布做的和服。这次在九州学到，寒冷地区不能种棉花，因此会从关西引进大量的棉布旧衣，寻常时节也会穿，到了冬天，就在外面套一件麻的半缠（一种对襟外套）。一般认为，麻布穿在身上很冷，并不适合防寒，但在飘着细雪的地区，穿着很容易浸水的棉布衣裳也很不方便，因此就套一件麻布衣裳，就像我们穿的雨披一样，方便拂去落雪。

又云：

昔人对寒暑、天然的抵抗力之强，有今人不可想象之处，故而贴身穿麻，度过严冬，亦非不可思议之事。除此之外，我想大约也会用兽皮取暖，或多穿几件麻衣、藤衣吧。

看浮世绘，能见到不少冬季生活的风景。譬如歌川丰国有《美人雪球图》，一共三幅，梅树下、竹薮旁，四位美人堆起了几乎等身高的雪球。最左边的姑娘高高挽着袖子，当中有一位姑娘呵着双手，看着非常冷。其右是黑衣女子抱着裹头巾的幼儿，望着最右侧顶着头巾的紫衣女子手中朱盘内所盛雪兔儿。画中人都是光脚踩高齿木屐，看着刺骨冷。而这也并非画家特意加工，江户时代的人在冬天的确大多不穿袜子。堺雅人拍时代剧，光脚穿草履走在雪中，感慨古代人冬天实在不好过。

就和当下日本上班族严守上班穿正装的规矩一样,江户时代的精英阶层——武士们也有很严格的着装规矩。与中国古代官员随季节更换衣装一样(参见陈诗宇《古代中国人穿什么度夏?》,介绍甚为详尽),武士们也严守时令穿衣,一年中共有四次更衣节:旧历四月一日到五月四日,穿有夹层的夹衣;旧历五月五日到八月末,穿单衣;旧历九月一日到八日,复着夹衣;旧历九月九日至三月末,着棉衣。现代人换季,只需要把上一季的衣服收起来,或换或买新一季的衣服就行。而江户时代的人却没有这么轻松,往往是夏天将夹衣的里子拆掉,成为单衣。冬天再往夹衣里填入棉絮,成为棉衣。当时也没有成衣店,准备一家人四季的衣裳全是家中女眷的工作,实在是繁重不堪的体力活,当然有钱人家也可以雇人来做这项工作。

山川菊荣在《武家的女性》中回忆往事:

> 早上的家务都做完之后,主妇就要缝衣服、纺丝、织布。据延寿(按:菊荣外祖母)的长女千世(按:菊荣之母)说,一回想起水户的往昔,眼前就立刻浮现出坐在发出咚咚咚单调的声响的织机前、总是在纺丝的母亲的身影。想来一年之中,但凡有一点余暇,应该就

在纺丝、为家人准备做衣裳吧。母亲（阿菊）还没有生育时也要织布，后来家里孩子渐渐多了，丈夫的地位也高了，变得越来越忙，纺丝是在家里做，织布就交给外面的人了。而织布原本也是武士妻女为补贴家用而做的工作。

女孩子十二三岁时就要学习缝纫，到裁缝师傅门下做徒弟。

江户时代的民居多半是木造，纸糊窗户，密封与保暖性能都不好，冬天室内很冷，全靠火炉、手炉、被炉来取暖。浮世绘里常常能见到这些炉子，喜多川歌麿《绘本四季花》里有一幅冬季室内美人图，画面当中的被炉上卧着一只黑白花猫咪，旁边坐着三个姑娘，或依傍火炉翻书，或吸水烟。窗边还立着一位女子，正启窗观望外间繁密的雪花。墙上有两幅画，一幅流水白鹭，一幅红梅。享保十六年（1731）刊、西川祐信绘《绘本常盘草》中有一幅美人图，画上被炉旁围坐三位女子，各自读书。纸门外是覆了积雪的竹丛，壁龛花器内是一枝山茶，壁橱门上是堆石花卉图。画面细节丰富，恬静可喜。

我所赁居的小楼在山中，虽然朝南，但葱郁林木环绕，气温很低。入冬后冷风萧瑟，很是难挨。如若下雪，林下积雪经久不化，更添寒意。幸好有被炉，是重要的过冬用品。11月中就翻出被子罩在桌上，如将西川那幅画中的书本换成电脑，则完全也可以作我的写照。如果猫在身边，一定非常喜欢，整天都躲在里面吧。曾向从周建议，北京家里也买个被炉吧！但北京有暖气，也用不上这样的家具。

某年秋天，家住横滨友人来信，说外祖母用旧和服做了几件棉背心，要寄我一件。珍贵的礼物，布料是很好看的紫色，很喜欢在家里穿。不过也怕穿脏了，要在外面套上一件罩衫才行。这也是江户时代就有的样式，有袖子的棉衣则叫"缊袍"（どてら），是很古雅的名称，便是那"衣敝缊袍，与衣狐貉者立，而不耻者，其由也与"的"缊袍"。黑襟、广袖、交领，现在已不会有人穿出门，只在室内穿着。平常在商店街和服店更多能看到的是絮棉的羽织，也就是"半缠"，很像从前祖母穿的棉袄，也适合在室内穿。

那么冬天如要穿和服出门，该如何取暖？似乎除了围巾、羽织、厚袜之类，也没有什么别的办法。毕竟是已经退出日常生活的服装，并没有发展出适合冬季保暖的和服体系。近年来京都景区和服租赁店十分兴旺，街头一年四季都能见到穿和服的男女。有时天已很冷，姑娘们却还穿着单衣，看着十分瑟瑟。

前几日去首尔开会，发现街头也流行韩服租赁，见到许多穿韩服的女孩子。但首尔毕竟太冷，很多人都在韩服外披一件厚羽绒服，只有拍照片时才脱下来，不一会儿又披上，仿佛是时代剧拍摄现场的光景，不容易追求审美。我很喜欢韩服，本想去找一家裁剪定制，但时间匆忙，一时又看了太多羽绒服、牛仔裤、运动鞋加韩服的搭配，令我冷静不少，最终把计划做衣裳的钱统统挥洒到了旧书店。

很多年过去，对东亚传统服饰的兴趣仍然没有减退，终于还是远程定制了一套韩服。裁缝师傅比我小几岁，看网上温柔可爱的措辞，想当然以为是女生，对话时用了不少心形表情。后来视频选定布料，惊异地发现师傅是一位羞涩的男生。三个月过后，顺利收到韩服，还有店主相赠的"唐只"——一种束在发梢的装饰缎带。衣裳非常美丽，只是没有什么机会穿出门，因为传统服饰时常承载超越服饰本身的文化意涵。

2017 年 12 月 7 日一稿
2024 年 3 月 31 日二稿

仿枕草子

第一段　四时

春之流逝尤为迅疾，令人难以喘息。想念有雪的早春，早樱养在灯下铜瓶内，窗前望见松林上的新月与春星。或者大雨后诸花凋零的暮春，黄昏悠长，树木有美丽的绿。

夏有许多声音。7月祗园祭的龙笛曲调，花火盛开的簇簇声，台风到来的风雨雷电，夕照的山中响起蜩鸣——高亢尖锐的日暮*。校内新栽的桃树结了几只小小的桃，顶端有一点俏丽的粉色，想起桃花开时可怜的样子。没有人过问，渐有被虫雀吃了的。某个深夜，忍不住悄悄摘了一个，飞奔回家。很酸，但小心翼翼全部吃掉了。起风了，树林像海潮缓

---

* 秋之季语中有"秋蜩""日暮"，皆指蝉科塘蝉属的 Tanna japonensis，自梅雨时节鸣至秋初，其声尖锐促急，尤以日暮长鸣最令人寂寞。故和名亦曰"日暮"。

缓涌动，不复盛夏美丽新鲜的绿色。寺庙迟暮的钟声早已缓缓响过，铃虫响亮地鸣着，蝉彻底消失了。窗前帘幕轻拂，此刻无异身处和平宁静的人间，但知道这可能是不永的，不，这必然是不永的。

秋有许多好吃的东西，蔬菜与果实都很甘甜。荒原上长满洁白的芒草，被风吹起一层一层银浪，矮矮的山上早早升起明月。

冬有许多喜欢的瞬间。穿过山茶树林时闻见的清苦的气息。不冷的雨。印在天幕上一根一根极明晰的松针。容许我把手伸到伊暖融融的肚皮底下的猫咪。没有打开信箱时已经感觉到的、应该抵达的包裹，还没有等进家门，就在路上拆开了。

第二段　雨

窗前看瓢泼大雨。山樱尽落，生发嫩红而可爱的叶片。新树青翠，惹人想数清楚到底有多少种绿。黄昏仍是无尽雨，不开灯，在昏昧中烤笋吃。

只差一场雨，就是儿时的梅天：西瓜、蚊香、电风扇、栀子花。

梅雨黄昏，山里起了凉风。无数花树荡漾，鸟也沉默。盛开的有，绣球、栀子、紫茉莉、紫玉簪、夏山茶。将谢的有椴花。碗莲有花苞，林中落了一地梅子。

散步至寺院，芍药盛开，流苏树满枝堆雪。山中寂无一人，群鸟隐身密林。忽有狂风掠过竹梢，闪电划破浓云，天色骤变，雀鸟疾飞。雨比天气预报早一个多小时降临，只好飞快奔往友人省吾山中的花屋。"你怎么来了！"他们一家都笑，"而且和雨一起来了。"

满山风雨，有如潮涌，不忍关窗。

夜里的雨一直下到天明，山的绿色极可爱。有鸟的声音，惹人屡屡望向窗边。

雨天，远看雾气浮动，以为是一团厚云。仔细看，却是缥缈的山影。

半日之间，便历了几番阴晴变幻。一时晒被子，一时又急忙收被子。一时点灯，一时又掩窗帘遮光。此刻风大，冷雨如箭矢，山前红黄木叶乱舞斜飞。

第三段　雪

电车驶出京都，近处是晴天，远处山里是蒙蒙的雪。穿过几个隧道，突然有无数雪片扑向窗来，山林一片洁白，想起芜村的《夜色楼台图》。又穿过密集而漫长的隧道，突然世界一亮，已来到茫茫的雪国。积雪覆盖的原野上有几株形态优美的柿树，挂着许多小小的、朱红的、水滴形的柿子，非常可爱。

走过爱慕的大松树底下，无数细雪从月光里飞来。

大雪天闭户读书，轻轻的"嘭"一声，百合花开了。

第四段 河

中文出版社八十四岁的傅奶奶说，从前的台中车站，跟过去京都站一模一样。台中也有两条河，跟鸭川和堀川一样，从北流到南。刚来京都时，啊，跟台中一样耶，没有异乡的感觉。现在我也不要回去，坐不动飞机，人老了，从台中来，在京都死，虽然现在两个城市变化都好大，但我记忆里的风景都差不多，河是一样，从北流到南。

第五段 树

春天的早上，风吹动山树，花叶映着光，像远方湖水的波浪。

小窗外层层叠叠碧绿的香樟叶，点缀无数碎米般浅黄绿色的细小花簇，皆在雨中缓缓摇动，荡漾无边无际的绿海。淡灰的天色尤其宁谧，最喜欢。倘若在这绿与灰中永远消磨下去。

飘浮满香樟花气的夜里，跟她说，痛苦消沉的时候，最不要见亲近的人，因为不忍心暴露自己的黑暗，只好加倍努力管理情绪，非常消耗体力。只想一个人待着，慢慢醒来，不需要被解救，也没办法得救。

松树到高不可及的云端去了。落在地上的花穗，可爱的颜色，扫去了，留下薄薄一层，所谓松花绿。

十分喜爱的一排香橼树，还记得春天芸香科洁白甘甜的、绽开如珠玉、未开如宝瓶的满枝花朵。树很可靠，守时、沉默，在人间迁延的时日，若与我这样渺茫的肉身相比，几乎是永恒的。

山里起风了，树叶婆娑，潮水一般的节奏，令人沉醉。更不用说雨后新凉，风扇也不用开。养在水里的折枝栀子，偶尔浮起一段幽香。要捕捉时已散去，仿佛密林深处不可寻觅的莺啼。

第六段　书信

老师来信，寄了新发的论文，令我羞愧。又说，最近菜园黄瓜丰收，天天吃黄瓜，"疑心自己要变成河童"。好羡慕，回信说，我没拿花盆种过黄瓜，因为很有难度。现在阳台种的番茄慢慢长大了，但还没红。不知道要大到什么程度才会进入变红的阶段。碗莲开过三朵花，好像开始休息了。

第七段　晚课

夜里在山上看见城里的灯火。散步至寺庙，阿弥陀堂内正是僧人的晚课。只有当中一扇纸门开着，正好望见阿弥陀如来的金身与僧人们的背影。一时仪式结束，一僧扬拂尘，众僧鞠躬，互道"辛苦"，门板迅速落下，夜色里浮现出阿弥陀堂清晰的轮廓。

第八段　可怜的事

怀孕的猫，身体沉重，贴地行走。鸡雏在篮子里叫。找不到家的狗在雨地里，毛全部湿了，人们看到它，竟会踹它。小小的孩子，因为得不到某件东西，在人很多的地方哭泣。大人觉得烦，不留情面地斥骂。一株老树，在庭院生长很多年，过去的主人已远去，新主人要砍掉它。树的枝叶在风里簌簌抖起来。

中午出门，看到小花园里一群小麻雀呼朋引伴，大啖野豌豆，非常快乐。黄昏回来，草坪已被修剪得干干净净，小麻雀们在地上啄食残余的豆子——乐园消失得太快。

第九段　吃橘子

吃甜食，之后又吃橘子。在"到底这个橘子甜不甜""或许是刚刚的点心太甜了"的困惑里，吃掉了一个橘子。又吃一个，再吃一个。好，这下大概明白了：这一袋，可能真的不甜。

第十段　猫和鼠的书

1954年东京古书拍卖会目录，有《日本猫志》（有插图，二册），黑川春村绘。此书如今下落不明。黑川为江户末期歌人，另著有《硕鼠漫笔》。

第十一段　乌鸦

乌鸦啊啊的叫声，仿佛有一种苍凉的美感。然而当中午被乌鸦袭击了食物之后，我决计不这么想了。可恨的乌鸦！我看到了伊乌亮精明的眼睛。

第十二段　绝交

研究会后，等电梯时，相熟的老师忽而说："那寺里的荷花开了，很美，你看到了吗？"我说："还没有。"老师说："那一定要去看，见之忘忧。"

后来去看了荷花，但因为种种变故，已与这位老师绝交。

第十三段　禅师的话

看到鹿苑寺所藏《子元祖元高峰显日问答语（我要你）》

一幅，有载入《佛国禅师语录》。"我要你在此伴我三两月，老怀方快活。""我年老心孤，要真正知心暖我怀抱也。"非常有意思的话，我们说出来不好，只有禅师能说。

第十四段 女名

《慊堂日历》文政八年十月四日条，记载为主公女儿起名事，选项一：任（タヘ，挚仲氏任），选项二：原（モト，时维姜原）。江户至明治时期女名多为双音，书写时为两个假名。武家、商家等社会地位较高的阶层，女名常用单个汉字（双音）。儒者家庭偶尔也有较雅致的女名，如赖山阳母亲名静子，号梅颸；诗人原采苹，名猷（ミチ）；龟井南冥孙女名少琴。

第十五段 摘抄

逛孔网偶见一册《试验花果种植法》，封面一位装束时髦的民国女子，双手执喷壶浇灌盆花。封底蓝色圆珠笔摘抄《斯巴达克斯》的名句："但可惜真理并不是永远可以被你大声宣扬的，它常常得在暴力之前退避。"

第十六段 可厌的事

可厌的事是，总在网上讨论学业。见面就要态度傲慢地谈论学业。着急表达观点，强调自己如何出色。没有经过思考就用一些粗鲁的流行词汇，还做出扬扬自得的样子。明明是同流合污的行为，背后却要强调，自己其实窥破了一切，那不过是应付场面罢了。用精致的学问装点不堪的灵魂。

第十七段　受潮

山中雾气弥漫，很好闻。枯枝悄然返青，是春雨将至的静夜，天气预报——明日有雨。纸屏因为受潮，微起褶子。

第十八段　高岸深谷

省吾领我去真如堂山脚扫落叶。山脚另一侧，是金戒光明寺所在的区域。省吾笑云："只有当中这条窄路，才属于京都府。"是说寺庙拥有各自的土地。又云，真如堂东面的神乐冈，自古传说是诸神降临之所。为了不妨碍神灵夜里聚会，真如堂山门不设门槛与台阶。

"果真如此？"

"住持这么说。"

又指西面云，从前这里是一片大池，如今住满人家。领我去看大池的遗迹，见到峻急的陡坡，砌有石阶，儿童正在玩耍。见过大池的人们，如今还在世上吗？

第十九段　女孩与花

吉野樱的花苞露出一点粉色，高树上白玉兰开了，山茶和瑞香进入尾声。林木覆盖的流水之畔，有年轻人领着两三岁的女儿散步。比起大树与繁花，小女孩更关心贴地生长的杂草野花。或许因为她离小花小草更近，也跟它们差不多小。繁缕、婆婆纳、碎米荠、泥胡菜。她被一朵盛开的蒲公英吸引，年轻人告诉她："这是蒲公英。""タンポポ（tanpopo）。"她重复了一遍，容易记住的音节。说着伸手要够住那朵花。年轻人轻声说："不要摘哦。"小女孩像摸小猫耳朵一样，轻轻碰了碰花瓣的边缘。

第二十段　赏花

趁梅雨之间难得的晴天去山里吹风。林中已有挥舞捕虫网的儿童，椴花尚未开，绣球到了季节。一位来赏花的老太太，赞叹寺院后园居然开了这么一大片。与她同行的老人很得意："我观察了好几年，这才在开得很好的时候邀你出来。"

缓归

父亲与我

- 1 -

我与父亲相处的时间其实不长。他在外地工作多年,我读高中时他才回故乡。开始很不习惯,家里凭空出现一个严肃的人,常对我的言行横加指责,向我灌输他的价值观。从小到大,家庭环境都很宽松,没有人对我这样无礼。自觉受到莫大委屈,坚决对抗。不断激化的矛盾往往以暴力手段宣告终结,父亲向我展示了在强权面前,一切抗辩与挣扎都甚为可笑。母亲一直很难理解我的固执:"哪个家长不教育孩子,你怎么怨气这么多?"怀着这股"怨气",我对父亲很冷淡,抵抗无效,不合作总可以。并妄想他某日应向我道歉——当然并不会有。

转眼到了十七岁,高考志愿填得糟糕,成绩也糟糕,但坚决不愿复读,只想迅速逃离。去重庆念大学,母亲要上班,父亲请了假，送我去学校，我很不情愿。母亲私下同我说，难得跟他相处，不要动不动吵架。那时去重庆，先要渡江去上海，再从浦东机场搭飞机。途中一直想和他找些话题，想着想着就睡着了。蒙眬中听见他说，下面就是重庆，快看梯田。我醒来，看见他正指着身侧的河流山川，示意我看。飞机降落时拨开云雾，碧绿梯田触手可及。一圈一圈土黄色等高线条是田垄，一方一方平镜是池水，蜿蜒的长河是两条大江。飞机偶尔仄身，这幅图景就在手边，似乎可以伸出手指，隔着玻璃追溯大江的源头。

9月上旬的山城溽暑未消，落地后，扑面热浪几乎将人掀翻。新建未多久的校区尘沙漫天，四周不少推土机与翻斗车，在炸平的山坡上作业，不知要修建什么。更远处是无尽的山，没有丝毫城市的迹象。校外有一条小街，只有几百米，沿山坡的弧度打了几个弯。沿街摆开一溜麻将桌，本地人热闹地聚在一起，短毛尖嘴的狗和孩子满地跑。小餐馆很不少，黄昏的钟点，已有人开始喝酒划拳。

与父亲一起去超市买日用品，那是我们人生中第一次两个人去超市。他离货架几尺站着，指着某物说："这个要吗？"我说："要。"他就点点头命我动手，自己也不靠近，好像不屑动手。买完后装了两大塑料袋，他提在手里，送我去宿舍。走到校门口，他突然说："你站那儿别动。"我一愣，他放下东西，取出相机，给我拍了两张纪念照片。也不给我看，继续走路。

那是一座荒凉的学校，新挖的池塘虽有不错的名字，却在底下刷了水泥，一大汪死水漂浮着油绿的絮状物与塑料垃圾。新建的宿舍楼外堆着尚未清理的建材，白茫茫的落日蒙一层灰。刚种下的黄桷树耷拉着发蔫的阔叶，有些叶子已经落了，不知将作何规划的荒地长满近人高的蒿草。学生们倒很热闹，成群走在发烫的水泥路面上，拖鞋踢踢踏踏甩得很响。

那是干渴忙碌的一日，天黑得异常缓慢。宿舍在六楼角落，父亲迅速为我安置好东西，毛巾挂得十分平整。挂蚊帐——就不太愿意代劳。我也不大好意思在父亲跟前收拾床铺，建议道："六楼，可能没蚊子，蚊帐就算了吧。"他脸一沉，瞥我一眼，仿佛我说了极愚蠢的话。不一会儿，他已将蚊帐张挂完毕。宿舍宽敞的阳台适合远眺，仍是无穷无尽绵延重叠的山脊。沉落的夜色里渐渐亮起灯火，在非常邈远的地方，零星几串，好似天上星河。父亲又给我拍了两张照片，我凑上去看，说没拍好，让他删掉重拍。他没理我，收起相机说，吃饭去吧。

又来到校外那条起伏的小街，夜里比白天热闹好多，麻将桌还在外面，多出许多小吃摊与水果摊。他逡巡一圈，选定一家宽敞明亮的餐馆。菜单列出的菜品非常便宜，他说，大概分量小，你多点几个。于是点了七个菜。端上来的盘子大得惊人，菜也堆得很高，无一例外都很辣。他多要了两个碗，让我用茶水涮着食物吃。我头一回和他单独面对面吃饭，不知说什么，想到应该给母亲打个电话。她在电话里问："你们都还好？"我说："还好。"接下来事无巨细跟她聊天，描述重庆的天气和地貌，学校和宿舍的环境，看到了什么，现在又在吃什么。母亲道："好好吃饭！不要冷落他。"电话挂断了。

邻桌十来个学生在给谁过生日，地上横竖堆着不少空酒瓶。父亲侧目，皱眉，命令道："你以后不许这样，学习要专心，喝酒玩闹，成何体统。"邻桌高潮迭起，突然又开始起哄，好像有人告白成功。在众人怂恿下，一个男学生，很为难又很喜悦地被人推到一个满面酡红的女孩子跟前，靠得越来越近，欢呼声一波高过一波。我用余光瞥见，在欢呼的顶点，他们终于轻轻吻了一下。父亲咳了一声，又教训我："现在的大学生，不务正业，成何体统。"

第二天，学校已开始军训，父亲自己出去逛。第三天，他启程返家。去机场前，我们在食堂吃了一顿饭，彼此沉默，似乎还在我高考失败的消沉情绪里。他在学校书店顺手买了几本书，看我也选中了几册，一并帮我付了账，挥挥手便走了。我似乎想和他说点什么,但我们都不太擅长告别。

那是一段奇妙的经历,罕见的和平相处。我以为这会是一个温情的开始,但不久我们就在电话里吵架。他常在早晨7点给我打电话,不管我声音装得多么清醒,他也能戳穿我在睡觉,接着就训话,说我大学生活过度腐败,不求进取。又总疑心我谈恋爱,提醒我不可荒废学业。大学时我与父亲关系时好时坏,也许是我过于记仇,总觉得吵架的时候更多。我羡慕书中读到的温和多识的父亲,每与母亲抱怨:"他怎么这样!"母亲也大惑不解:"他平时老说想你,怎么一打电话就会吵架?"

- 2 -

据说对父爱有所不满的人更容易依赖伴侣。大二时,我即忙于谈恋爱,"不务正业,成何体统"。那时的男朋友比我大好几岁,我很肉麻地喊他四哥,为什么要行四,已记不大清楚,或许只是情到浓时随口胡诌。没少在他跟前回忆往昔,感慨不甚完美的父爱。他也有一位严厉异常的父亲,因此我们同病相怜。少年生活中遭遇的不满投射到感情中,成为一种新的渴求。但当我和四哥开始彼此涉足对方的日常生活领域时,却因生活习惯等种种鸡毛蒜皮的小事产生超乎想象的冲突。这让我逐渐意识到恋爱的两人志趣相投,有共同的理想、相似的伤痛……这些都不是关键,只是奢侈的附属品。没有它们的时候,我们会觉得感情无趣空虚。如果有了它们,我们顿时觉得一切崇高且非同寻常。我们走在大街上,坐在破旧动荡的公交车里,在路边摊吃来历不明的肉串,也会有可怜可耻的骄傲。

四哥身上固然看不出一点纨绔的气息,但偶尔会带我去大馆子吃海参或鲍鱼。平民出身的我对这种卖相不佳、面目不明的食物没有太大兴趣,但他对如何用各种食材煨出一小盅鲍鱼粥津津乐道,并相信有着某种特别的养生效果。后来与四哥父母第一次见面,饭桌上果然又是海参、鲍鱼。我手一滑,一尾肥胖的海参不慎从勺子掉进盘内,耳朵里嗡了一声,到底没有再吃。后来事实证明,这个细节的确招致他父母的不满,认为我举止不够优雅,竟不能将宝贵的食材稳妥地送入口中,也不够爱惜食物。

四哥生活极朴素,非常爱整洁。他经年用一条蓝白格子布床单,掸得特别平整,看不到一条褶子。他穿样式过时的衣服,据说都是母亲代办或父亲穿剩下的,看起来像四十多岁的人。有一回在机场,排在我们前头的一位阿姨笑眯眯问四哥:"你女儿多大了?"没有人把我们看成不伦的男女,因为四哥太过俭朴。我常对他的穿衣风格横加指点,建议他穿一些年轻的颜色,不要土黄、灰褐、暗蓝。他自然不会听我的，认为没有更换的必要，在衣服坏掉之前，不会去买新的。我们常常为了这样的事吵起来。同样，他也不喜欢我的穿着。那些过于宽松的衣服，每令他皱眉，像米袋，里头能藏人、邋遢、不整洁。他指指我的宽脚裤，说要是扎个裤脚，就像《城南旧事》里的老妈子，能偷两裤管白米。他还不喜欢我的头发，说太乱，没有用发卡一丝不苟地收拾起来；说刘海也不好，过于幼稚。我挑衅问道："那么，你希望我打扮成什么样子？"

当时，我们走在大街上，他手里有一束给我买的新鲜莲蓬，似乎没有意识也没有在乎我语气中的硝火气味。他眼睛迷茫地闪了一瞬，定位在新光天地里走出的一位白领小姐身上。他说："喏，我不是说你要照着她的样子打扮，但她的样子确实比你看起来舒服。你也可以穿整洁的衬衫，把头发盘起来，多用几个发卡。走路时抬头挺胸，这样很精神。"

自然，我们吵了一架，地铁口来来往往的人们都会瞄一眼这对别扭的男女。他脸色暗沉，在酝酿着什么。我们被人流卷进地铁站，列车呼啸而至，吞吐着汹涌的人潮。他是很有涵养的人，没有爆发。此时此境，还是用胳膊把我圈在怀中，略略为我开辟一点独立空间。我看到他当天穿一件不知什么年代的蓝绿格子衬衫，领口软塌塌。舒肤佳香皂和碧浪洗衣粉的气息冲到鼻子里，有些难过。我说过好多次，格子衬衫很难穿得好看，蓝绿搭配更是挑人。地铁过了几站，为打破沉闷的僵局，我开始抠那束莲蓬的莲子吃。他也不说什么，列车颠得厉害时，会把趔趄的我及时捞起来。没有剔出莲心的莲子苦得惊人，他像是叹息似的，伸手抚了抚我的乱发，我默默又靠近他一些，在他为我创造的逼仄却安全的空间里，一时不忍离开。

四哥有很多生活禁忌。他不喝酒，无论在怎样的场合。不熬夜，早上 6 点必须起来。他也用这样的要求规范我。可那时的我很想喝酒，虽然酒量抱歉。据说这点与父亲很像。很小的时候，父亲心情好时，会用筷头蘸一点酒沾在我嘴唇上，逗我。母亲很生气。长大了，丝毫不知低调，聚会时不会矜持地掩着酒杯说"给我果汁吧"，反而说："酒，也可以的。"但喝一点便会脸通红，据说话也会变得很多。

那时我常熬夜，即便没什么事情，晚上也不会早点睡觉。真忙的时候，更焦头烂额，彻夜不安宁。四哥受不了这个，警告我这样下去会死掉。我虽感到恐惧，但也想看电视，想吃零食，想喝酒。他因此晚睡，第二天不能按时起床，挂着眼底两抹乌青去上班，愤怒极了。不错，他很有理由愤怒，我把他的生活节奏打乱了。

四哥不能忍受桌上有一张乱纸，不能忍受床头散一本书。他的书架整洁有序，非常漂亮。而我的屋子里，食物、书、纸散成一锅粥。我在当中坐着,穿得十分邋遢。他看到这一幕,怒火冲天,又会大吵。他要给我收拾,我不许。他痛心疾首:"你这个样子,以后怎么跟我一起生活?"我反问:"我本来就是这样子,为什么不能和你一起生活?"他气得伸手指我的脸,指尖颤抖,脸面发青,终于也骂不出什么,更不会动手。如前所述,他相当有涵养。

"难怪你爸要骂你,打你。"他调整情绪,淡淡总结道,"你的确是该骂,该打。"

这句话分量很重,我瞬间偃旗息鼓。被刺痛似的,委屈地,切齿地,退缩到一角,任他收拾去吧。

高兴的时刻当然有。因为是惨淡生活中难得的明亮,所以更宝贵,更难割舍,仿佛这才应是生活的本色。最经不起回忆的也是这些,掬起一捧,流沙般迅速消逝了。郊游是四哥的一大爱好,我也喜欢。有一回暑假,他得空带我出城,走了很远,来到南郊一个荒芜的村中。田地里玉米列作青纱帐,道边有酸枣树,结了果子,他停车采给我吃,又指给我看螳螂的卵鞘。他热爱生物,鼓励我在"草木之名"外,多识一点"鸟兽之名"。在这种地方,我们总是好极了,天底下好像只剩我们两个。

过一道剥蚀的土门,看到平地一座破败的寺庙。门口用墨汁涂了几个大字:欢迎到寺内采摘大柿子。入得寺门,并未看到柿树。但有一位穿灰蓝布衫的女居士，扶着竹帚看我们。四哥恭恭敬敬作了个揖。不一会儿，僧房里走出一位胖大的和尚，紫棠面皮，土黄长袍，颈上很长一串佛珠，说是这里的住持。盛暑天气，僧房闷热不堪，没有电扇。大和尚不拿扇子，袖底汗气熏蒸，头皮沁出一层密密的汗珠，眉目十分慈悲。他口音很重，说是从五台山来，发愿心修缮这座废寺。

四哥与他谈天时，我只在寺内闲逛，像是跟着大人出来玩的孩子，又或是随主人出来办事的婢子，什么心思都没有。抬头看天上纹丝不动的云，踮起足尖看墙上一片模糊的画。确实是安详宁谧的时光，不需要思考，泯灭自我。阶前开着白花曼陀罗，阔翅长须的蛾子停在花梢，没有风，叶子都不动。我就一直看着。歪头望见四哥很瘦的侧面，骨骼支棱，至熟悉的一个人，突然很舍不得。好像早已知道这一切不能挽留，不能相信，镜花水月一样，顷刻就要散了。

还有一回，依然是闷热的暑假，偶尔得闲的四哥带我去郊外看一座很小的娘娘庙。门庭新漆过，鲜红。对门一方小戏台，堆着灰砖与柴垛。间有拖拉机开过，白灰漫卷，迷得眼睛睁不开。那庙的后园有一座新奇的阎罗殿，塑了很多崭新的泥像，名目不离惩恶劝善，内容都很入时。譬如生前干盗版的营生死后该受什么惩罚——印象十分深刻。看过了这些，四哥领我回城，在路边买新鲜的青皮核桃给我吃，说我是南方人，大概没吃过这种鲜物。农人在自家田园边上摆出大筐售卖，那核桃去了青皮，染得农人双手乌漆，深深浸到指甲里。核桃壳子软软的，在掌心里一握就裂了。剥出来玉白的仁，水津津，像很嫩的水煮花生。

四哥怀念他的北京往昔的食物，兴致勃勃领我去荒僻的小镇寻觅不再大量生产的莲花白，去妙峰山玫瑰谷找玫瑰露，其中以冰碗儿为他回忆里最富深情的一种，可惜市面已不得见。据说是荷叶铺在碗底，上头搁杏仁嫩核桃鲜藕，浇糖汁冰水。听来清凉甘美，与他时常忆及的旧京风物一样，给我这南来的京华客多少美妙想象。从那时起，我就爱买北京古籍出版社出的各历史地理类丛书，尤爱读《帝京岁时纪胜》《燕京岁时记》《日下旧闻考》之类，好像以为这"最文雅""最美丽"的古都，与我一点情怀相契似的。而他所回忆的不过是纸上清温，回溯二十余年，他还是个胡同里疯玩的孩子，怎么会知道日下旧闻、春明梦余呢。不过与他分开之后，还是买过精装本的"北京古籍丛书"。这大约是他留给我最重要的"思想遗产"。

父亲很反对我们在一起，痛斥过我好几回，并没什么特别的理由。作怒起来就吼一句"说不许就不许"。母亲曾单独与四哥见过一面，那也是夏天，我大学刚毕业，即将去留学。和四哥吃过饭，他送我们回住处，又去上班。母亲同我并头躺着午睡。窗外淅淅沥沥下起雨，槐花不停落着。过了很久都睡不着，翻身时母亲说，你要觉得好，就坚持下去。将来要是没有在一起，也千万不要迁怒你爸爸，说是因为他反对才这样。母亲在北京小住了几天，与朋友玩了几个无聊的景点，就乘夜行火车回南方。我与四哥去火车站送她，车开动的时刻，母亲在窗内挥挥手，示意我们快回去。那一刻我突然很想追车而去，但身体不曾移动，只是呆呆在原地挥了挥手。

后来，再后来，没有再再后来，我与四哥分开了。回想曾经争吵不休的小事，真觉得那些都算不得什么，比起分开当时的痛苦与虚空而言。所以彼此都说过一些很无底线的话。比如他说，如果我们能在一起，肯定不管你喝不喝酒，屋子乱不乱，人生得意须尽欢。我也说过，如果我们能在一起，我肯定不喝酒，也肯定愿意收拾屋子。

然而这些话，信了才怪。

我还是过着那样的日子。随便穿衣服，舍不得扔掉一些东西，但又懒得整理它们。在某个反省的瞬间，想起四哥，感慨与歉疚的洪水，迎面打来一个浪头。

有一天，与四哥重逢，那时已经分开一年多。他破天荒穿了白衬衫，没有和过去一样把衬衫下摆塞到裤子里，作中年男人的打扮。反观自己，仍穿米袋一样的宽松的长衣，乱发飞蓬。真对不起他，我想。之后不到一小时，路过一家卖酒的店，忍不住道，最近朋友送了我一小瓶，这几年涨价真是太疯狂了。在我叙述时，四哥的脸色阴郁到极点，终至忍无可忍，呵斥道："你怎么还喝酒？"那一场以忧伤温情为始的重逢，到底还是以争吵画上句号。

- 3 -

人的修复能力总是强得超过自己的想象。后来，我与从周在一起了。最初的日子，常想起四哥。与从周相处不善时，也会追忆往昔，心生愧悔。外婆他们在询问过从周的三代家世后，确信从周自称的贫穷并非出于谦虚，家中既无亟待拆迁升值的旧宅，亦无几门或富或贵的亲戚，更无海外发达的同宗，不免跌足长叹。那些从未见过四哥，从前不知为何对四哥多有微词的亲戚，也一齐回忆起四哥的好处来。

有一天，家里来了客人。从周睡客厅地板，我与做客的女孩子睡卧房。她熟睡后，我睡不着，来到厨房窗边。不料从周也在，我们并肩立在窗前，仿佛久别重逢。

窗外一片漆黑，只有近处高楼的灯光亮着，像温柔的眼睛。厨房里有隔夜饭菜的气味，失水的蔬菜堆在墙角，看不见的地方有蟑螂和蚂蚁。某个有名的小说，开头是这样的：

在这个世界上，我觉得我最喜欢的地方就是厨房。

我们在窗口默默看着那点灯光。好像是那一夜决定，要带从周回南方的家乡看看。

在母亲的叙述里，结成婚姻有时非常容易。比如某家女儿，经人介绍认识某青年，一拍即合。两个月后结婚，三个月后怀娠，现在小孩子都会走路了。有时又极困难，比如在我身上，总觉种种不如意。

听说我要和从周一起回家，母亲如临大敌。担心父亲作怒、邻居闲话、亲友盘问。回家前夜她还在电话里劝我，要不要暂缓此行。那几日我也心神不宁，因为天很热，前途也未卜。被老师召见时也会这么紧张，提前几分钟在门外徘徊，心里数秒倒计时，斟酌谈话可能的内容，头脑轰轰响。人生总有这些不自主的时刻。

那番回乡却平安无事。从周被安排在一家宾馆，小城一点涟漪都能惊起波浪。闲人问及，父母则轻描淡写说，这是某某远亲。大概从周确实太不起眼，并未引起旁人过多兴趣。第一夜，吃过晚饭，父亲不理我，只将从周叫到书房。我与母亲在客厅看电视，吃西瓜，其实都在小心翼翼观察书房的动静。一集连续剧结束了，又重播一遍晚间新闻，书房的门仍然紧闭。过了很久，哗啦一声，门开了。从周恭恭敬敬出来取茶水，又回书房，这一次门没有关拢。只听里面传来父亲的高论——夜里喝了点好酒,正在评论国际形势与时事政治。从周恰到好处地附议几句。若在平时,母亲当然没有心情跟他讨论这些,大概会说"好了好了,别乱讲"。我也不喜欢与他探讨此类话题,因为彼此立场很不一样,而一旦观点不合,他就会以粗暴的方式制服我,我固然也没有从周的好脾气。母亲与我交换了一个不可思议的眼神,收掉西瓜皮,催我洗澡。

那确是很好的酒,父亲从酒窖翻了半天。桌上逼从周喝,从周为难。父亲半是认真半是嘲笑:"我给你倒的酒,你都不喝吗?"从周惶恐,恭敬饮下小半杯。父亲微微侧首,从容品赏他的手足无措:"刚刚说什么不能喝,果然在撒谎吧,诚实一点,不要紧的。"从周语塞,父亲又牵起一丝微笑,拍拍他的肩,居心叵测道:"来来,怕什么呢?多喝点,我才高兴。"

- 4 -

和父亲久违的远游,在今年暑假,同行的还有母亲与从周,目的地是从周的家乡,千里外深山中的小县城。与老师汇报暑假行程时,为了准确达意,特地加了一句形容,"像多多洛住的地方一样"。老师顿时领会,笑曰:"很好,大山深处!"

那是漫长的一段旅途。凌晨即起,沿国道一路西行,穿越省界,从平原过渡到丘陵,再到山区。风物渐变,最明显是民宅的构造,门窗、屋顶、外墙颜色,各地迥异。过了正午,已走到竹木茂密的山中,风景与家乡全然不同。远望大河蜿蜒如带,碧绿竹林绵延至天边。我们车马劳顿,又饿又累。努力赞美景物的同时,也开始批评山区的闭塞与冷清。父亲一言不发,戴一架墨镜,很冷酷,专注看前方。我渐渐有些警觉,坐直了身体,不敢贪看风景。担心父亲会在某一刻突然发怒,打道回府。按照我对父亲浅薄的理解,完全有这样的可能。

幸好,在他爆发之前,我们终于抵达那座小城。狭窄的街面扬着尘灰,好几处工地,切钢筋的声音很刺耳。三轮摩托车突突突擦身而过,后面背身坐着妇孺。从周的父母兄弟,带着笑容,颇有些隆重地与我们见面。他们身后张望的一众亲眷就没有那样紧张的神色,只是好奇地笑着。这种体验对我而言过于陌生,我只好昂然无视他们,直奔饭桌,并对途中一个笑眯眯的小孩子表现出过分的冷淡。他们的方言并非难懂,但我也要刻意装出听不懂的样子,微微抬起下巴,表示拒绝。

第一场宴席气氛很紧张,先是讨论如何饮酒、敬酒,双方各自表达意见。父亲道:"待客之道,就是要尊重客人一方的习惯。"对方不再坚持。气氛为之一松。我埋头大吃的同时,总疑心父亲一直在冷笑。母亲突然对我无比怜爱,一会儿抚我的头发,一会儿问我某种菜要不要吃,一会儿又问我要不要喝水,我有些尴尬与无措。我们各自都处在全新的境地,扮演陌生的角色,心情都有微妙的变化。

倦意在酒阑时分袭来,眼皮重得抬不起来。从周的母亲,略胖、眉眼细长、微微抿着唇的妇人,虚虚牵起我的手,轻声微笑说:"快去睡吧,一路奔波,你们都辛苦了。"她与我母亲同龄,穿得很素净,戴了很漂亮的珍珠耳环与项链。大概平时并不戴,所以那粒粒珍珠异样醒目,有很强的个性似的,颇不耐烦待在女主人身上。回房后,母亲同我确认:"他妈妈和我一样大?"我点头。她笑:"看起来比我大一些似的。"我说:"的确如此。"母亲也不以为得意,笑道:"人家培养两个儿子成人,很不容易。"

都是一些相当幼稚的闲话,说了两句就笑着睡觉了。

山里夏季的黄昏暑热全消,四面凉风拂来。睡饱的一家人心情甚佳,身上的战斗气息褪去不少。父亲背负双手,踱着方步,甚至很亲切地向从周家人询问本地历史、人口、风俗、房价。从周家人很谦虚地答说:"敝乡比贵乡的经济大约落后了二十年。"父亲环视四周,很权威的样子,颔首道:"也许没有那么久,但十年的差距总还是有的。"

拐进一条小巷,看到有妇人坐在院门口,提一把砍刀劈柴。一根好大的枇杷树枝躺在地上,墙边堆着已劈好的石榴木。有居民在小锅炉边打水。展眼就到了从周家,院里有许多亲戚,女人在后厨忙碌,锅碗瓢盆作响。我们并不急着进门,而在院里眺望远山。父亲已在询问地价,探讨在这里买山筑园的可行性。

从周家中四壁萧然,顶上一架老年风扇迟疑转着,拂得墙上的挂历纸簌簌有声。母亲过了很久缓缓用方言在我耳边说:"还好你外婆不会来。"又说:"以前我跟一个外地人谈恋爱,你外婆一定要去人家看一看。走到那人家,一看土屋三间,一点点大的小妹妹在门前站着,你外婆气急败坏,茶也不喝,一刻不停拉我走了。"

从周家卖茶,有很好的新茶。热水冲开,芽尖笔直立着,香气扑来。母亲喝了两口,觉得很好,终于找到一点安慰。催促父亲尝一尝,好像急于同他分享这点安慰。父亲很老到地品鉴了一口,略略点头,不接母亲的话,继续同人家闲谈。

夜气起来的时候,酒已喝了几轮。见气氛融洽,便悄悄离席,牵了从周的袖子。甫出院门,就在狭窄的坡道上狂奔一气。天上璀璨的群星眨着眼。路上有本地的土狗,模样温驯,耷拉着两片小耳朵,鼻嘴甚宽。才七八点钟,小城已一片寂静。街市灯火稀疏,没有可去的地方。渐渐走到从周念过的中学。侧门开着，没有人。空荡的操场，石砌的升旗台可以坐人。抬头看见一颗快速移动的卫星，很明亮。从楼头转到山边，消失了。微微一两声狗吠，好像在天边。远处有田野，从周说，那里种的是药用百合。我很觉新鲜，说要看花。他说，这时已经谢了，春天会开一大片。

露水起来，沾湿衣裳，有些凉。家人打电话过来，让我们回去吃西瓜。已经很晚，我和从周都没有觉察。

从周还很青涩的时候，曾在信中向我描述他外公院中一株梅花。说那梅树好大，花开时满枝珠玉，什么好词儿都能形容。还文绉绉地说，欲折枝迢寄，恐路途遥远，至君手中，想已凋萎。我很想去看看那个院子。但他的外公病了，家里没人。他的外婆从医院托人捎来两个红包，作为见面礼。

接下来的几日，两家人在城外各处看风景，没有什么波澜。我甚至可以当着父母的面与从周窃窃私语。父亲瞥一眼说："不堪入目，真是不堪入目。"但眼神并不凶，不是真在生气。我窥破这点，愈加无所顾忌。

一日中午，到山中农家吃饭。半山腰有一座很旧的民居。我想进去看看，从周便与主人家打了招呼。院中好大一树紫薇，花朵繁密。竹箩晒着玉米粒。几只鸡四下踱步。女主人在厨房做饭。房屋有两层，每层五间。家里人大多搬出去，屋子很冷清。堂屋打通至屋顶，梁上绘有八卦与缠枝花纹。柜上供着牌位，曰山西太原王氏。这家少年说，你们可以上楼看。经木梯登楼，二楼皆属空室，堆了一些张满蛛网的竹器。

这时，父亲也进了院子，与那少年聊天，话语温和，很不像平时和我说话的样子。我在楼上看见他如此，半是新奇半是有趣，笑起来。他没来得及换成严肃的表情，咳了一声道："大家都在等你吃饭！"

现在还记得，那楼上有一间窗棂上用白粉笔写着两句诗，是王安石的《示长安君》：少年离别意非轻，老去相逢亦怆情。

- 5 -

原以为这番会面即将画上圆满句号，然平地风波乍起。一日晚饭时，母亲忽因一些琐事不满，我争执了几句，席上一静，风扇非常响亮。立刻有人替我们打圆场。而我又惭愧又生气，终于坐不住，提前离席。一面走一面想，这下该怎么收场？太糟糕了。但要我回头道歉，一时也做不到。茫然地走出院子，从周没有跟来，有些无趣，只能继续走下去。很快到了岔路口，前些天那妇人劈的柴全已码在墙根。隐约听见身后有动静，那脚步是从周的。越发负气，往旁侧小路一闪，藏在树下。看他朝另一条路匆匆追去了，很久都没有回来。

那是一棵苦楝树,正结着浅青的果子,头上一小块天皆任它点缀。小时候受了大人的委屈,也会躲起来。如果大人没有及时来找,会不高兴。若看到大人急忙找寻,不免大松一口气,确定了自己在家庭中的重要性。这时当然不能及时出来,必会被大人揪住一顿胖揍。要等他们火气消磨得差不多,再泰然露面。

幼儿园时一个暑假,住在外婆家。和表妹吵架,闹得脸红脖子粗。外婆训斥我:"怎么没有一点姐姐的样子?"我抗议,表示要回自己家。外婆很不以为然。为引起她的注意,我躲到阁楼仓库,静观其变。好像过了相当漫长的时光,终于听到外婆问表妹:"你姐姐呢?"表妹说不知道。外婆似乎一早看透我的把戏,略提高音调对表妹说,去吃西瓜吧!听那利刀剖开西瓜迸裂的清响,足可判断真是一只极好的瓜。但岂能为此所动,继续蛰伏。渐渐,连表妹也焦急,问外婆:"姐姐呢?"还有邻居的议论,说近来有很多拐骗小孩子的人。却听外婆十分镇定地答:"不会!那孩子很聪明,拐子怎么可能下得了手?她不拐人就不错了!"我听了这话,立刻原谅了外婆,居然还很得意,认为她颇具慧眼。又过半晌,不动声色地出现在院子里,厨房还给我留着几块崭新的好瓜。

默立片刻,讪讪从树下走出。一瞬间心里非常清楚,这样的伎俩,从此再不能为了。《锁麟囊》中薛湘灵的唱段:"收余恨,免娇嗔,且自新,改性情……"往日听来流水过耳,此刻骤然想到,不由一惊。

原以为父亲会生很大的气,怀着恐惧与赧然回到从周家的客厅。一屋子人却和乐融融在吃西瓜。危机莫名其妙解除。父亲喝了一点酒,露出我从未见的温和眉目,对从周的父母道:"我这个女儿,从小被惯得太坏。她是家里最小的一个,爷爷奶奶都纵容,但心地还是可以的。"我突然遭了当头棒喝,再听不清他们说什么。悄悄退出,来到小院的矮墙下,坐在竹椅里,看天上的星月,眼前的金银花,不敢眨眼。从周不知何时也回来了,漫长的一夜,听得见流逝的声音。墙头一只猫,细长的尾巴左右款摆,跃上屋顶,踩着黑瓦消失了。

次日天明,一家人告辞返乡。没过几天,又要乘夜行火车去北京。父亲送我去火车站的途中,突然暴雨大作,雷电狂鸣。雪白的雨线泼天扯下,又戛然而止。更浓厚的黑云压过头顶,大概还有雨。却有呖呖的鸟声响起来,熟悉的调子,小时候躺在蚊帐里常常听到,北京似乎没有这种鸟。我知道故乡又将被抛在身后,少年时恨不迅速摆脱的束缚,这时有所眷恋。往日总自称薄情寡恩,其实似乎并非如此。若真如此，也不会觉得那鸟鸣忧愁又无情。

旅行时打破的秩序已大致恢复，父亲又可以用很严厉的语气坦然向我下达各种命令。进站时有冲动，想握握父亲的手，或者拥抱他，像在电视剧、电影里看到的，女儿同父亲撒娇那样。我与他的相处连最幼稚的阶段都未迈过，种种不足，一时难以弥补。迟疑间我还是选择与母亲偎依在一起，依然对父亲保有一贯的冷淡。

火车开动后，忽有雪白的闪电照彻夜空。人在车内完全听不见雷声，只见一阵一阵的雪光，辉煌地映出城市边缘的屋宇楼台。平原万里，河湖交错，没有一点山峦。天际与地平线交接处，有微微的弧度。密集的雨点顷刻砸向车窗，滑出很长的水迹。突然想起自从周家回来的路上，也有一场暴雨。一家三口在白茫茫的雨界里前行，几乎看不见路。父亲说，没想到你居然要嫁这么远。我不搭腔。母亲说，又不是真到山里去过日子。我不理他们，趴在窗口，脸紧紧贴着玻璃，鼻子压扁了。像小时候一样，这样的日子稀少又宝贵。

2012年10月27日

结婚记

- 1 -

是第二次去山里,距离前次已阔别五年。

五年间,总有这样那样的理由,譬如假期太短,譬如感情稳定、何须一纸婚书这样不必要的形式,譬如拖延症大发,迟迟不曾结婚。两年前的冬天,从周祖父突然去世。过了很久,父亲很谨慎地提醒我:"他家爷爷多喜欢你,可惜再见不到了。"去年,从周弟弟结婚,娶了温柔的同乡姑娘。父母也去山中参加婚礼,给我发来现场种种视频,并盛赞酒店有极好的温泉。"你一定喜欢,还有泳池,你爸爸可以教你游泳。"母亲这样说,暗示我可以将婚礼当作一场温泉旅行。而这点并不足以打动我。

每到年末,父母都会很客气地提醒我:"明年要不要考虑结婚?从周对你很好,你也考虑一下他的感受。"我问:

"结婚真的那么重要吗？"父母掌握了我的逻辑，很巧妙地反问："既然不重要，就结一下也无妨。"一时语塞，那就这么办吧。父母大为欣喜，说亲朋天天都在催问我何时办婚礼，要讨一杯喜酒喝。我虽觉好笑，但知道这是中国式人情，反驳无益。

母亲最开明，表示只要我愿意利用暑假抽时间去一趟山里，为从周家奉献一场婚礼，就算是了不起的付出。至于我家，一切但看我心情。"抽时间""奉献""付出"等语，近乎夸张地迁就我，令我无话可说。但依然试图讨价还价，旅行结婚怎么样？至亲家属一起去哪个海岛旅行？夏威夷如何？母亲打断，办完喜酒，夏威夷之类，随便你们去。

我自知于情于理，此番都很难逃脱，遂咬牙答应，并提出对婚礼的要求：简洁、文明、禁烟。母亲笑我："那你去推行新生活运动好了，不过连蒋公都搞不成。"

4月下旬，熏风细，碧荫浓，紫藤、牡丹、芍药开遍。因开会取道扬州，从周兄亦同行。离家颇近，父母前来迎接，顺道游赏了风光旖旎的瘦西湖。

到家后次日，朗日晴天，父母领我们去附近办理证件。不知是羞涩还是别扭，一路闷闷不悦。政府大楼在装修，临时办公点设在一栋旧居民楼内，工作人员听说要结婚，非常简单地询问了几句，是否自愿，是否重婚。没有准备证件照？

隔壁影楼去拍，抓紧时间，我们马上要下班了。旁边柜台在接待一对年龄相差颇大的夫妇。年轻的妻子用外地方言说："我要离婚。"男人讷讷不语。工作人员问女子："你想清楚了吗？为什么要离婚？什么？哦哦。"大约是丈夫兄弟争产等事。工作人员见惯似的，很严厉地训斥男人："难得带老婆上趟城吧？陪她逛逛街，买买东西，好好劝劝。"男人不作声，牵牵女子衣袖。女子一挣，但不太用力，最后还是被男人挽着肩膀，缓缓离去。

我们取了新拍的合影，回到柜台，很快得到两张证件。母亲笑道："哎呀，忘记买花送你们。"我大不好意思，连连摆手："不要不要。"父亲虽不作声，回家路上却一直在找花店。连过几家，偏不巧赶上城内某位大人物过世，店里店外尽是悼念用的花篮。父亲急忙避开，生怕我们不开心。最后终于找到一家，挑了百合、月季、石竹、补血草，小店花材有限，勉强配齐一束，母亲很郑重地将此送到我与从周手中："祝贺你们。"一时垂下眼帘，默默不语，如此新奇的体验。

接下来，从周到京都拍婚纱照，那边父母细问了我的生辰，说要拿去合个好日子。一番讨论，婚期定在9月初，我正好放暑假。"简洁、文明、禁烟。"我重申新生活运动主旨。回想去年参加同学婚礼，台上新人深情表白，台下幼儿满地打滚尖叫，实在可怕。花童并不管自己捧裙撒花的职责，而是快乐地在台上奔跑,哪怕快要撞上盛装的新娘。

　　人们太宽容孩子,唯独在这一点有无限的爱,无论他们做什么,都是好的,尤其是小男孩。其中的逻辑暗示新人,你们未来最可贵的便是诞育这可爱的儿童。同学性情温和,安慰我:"小孩子嘛,没办法的。"念及此处,我急忙补充一条:"不要花童,不许儿童吵闹,最好幼儿都不要参加。"从周一脸"我都听你的"的顺从姿态,并不多发表意见。母亲指出:"凡事要贴合实际。你真能在请柬上写禁烟、不许儿童吵闹吗?不可以。这样的差事不是天天有,你就当体验生活,未尝不可。新娘子,笑眯眯,不好多说什么的。"我态度执拗:"既是体验生活,何妨我也让宾客们体验一下生活?"母亲不多理会,总归婚期已定,找酒店、买喜糖、发请柬(当然不会印上我新生活运动的口号)等等皆已提上日程。我远在异国,哪有余力远程指挥新生活运动?不过嘴上说说。

- 2 -

　　从前听人说,到了某个时期,身边友人会突然集体结婚、生子。我大不以为然,因为身边多是清爽的单身青年,或者多年稳定的佳侣,并没听说谁要费力结婚。而从前年夏天开始,少年时代至今的好友突然与相处不满一年的男友结婚，成为验证这条规则的起点。去年春天至年末，竟陆续参加四场婚礼，当中包括两位日本师姐。

结婚的消息慢慢为人所知，我开始陆续收到礼物。成对的杯盘碗箸，包在好看的盒子里，从前我也这样送过别人。鹿老师送我一对盘子、一对碗："在台湾，娘家人会送餐具给女儿，开始新生活的意思。"她讲自己从前的婚礼，在台南乡村，丈夫家亲戚极多，认不全，吵闹整天，很可怕。新婚夫妇收入不多，房东极和善，房租很低。后来房东去美国，索性以很好的价格将房子卖给他们。我在鹿老师家中住过，前窗是烟云缭绕的阳明山，说有一天松鼠闯进屋，撞坏了纱窗。后窗是浓密的树林，说常有美丽的台湾蓝鹊飞来，尾羽翩翩。

母亲说，你爸爸硬要请人给你做棉被，我阻止了。又不是真嫁到山里去，需要棉被做陪嫁吗？

我几乎要捂起耳朵，不要不要。

母亲大概也觉得有趣，说自己当年结婚，陪嫁了大木床、五斗橱、书桌、书柜、沙发、收音机，用船迢迢运来。当然还有簇新的锦缎被子，结婚当天要高高堆在床上。人们来看新娘，也要欣赏那绚丽多彩的被子，堆得越多越好。这样的风俗，我小时候也见过，堂房姊姊们结婚时，还见过金漆红马桶、红木盆、红澡盆、贴着红纸的巨大青鱼、巨大猪腿，数不尽的璀璨热闹。我在人群里钻来钻去，被姑姑或者祖母牵住，硬喂几口红糖红枣甜茶。记忆中觉得很有趣，仿佛民俗学体验，只是断不会将自己代入其中想象。

"我要举行文明婚礼。"我再次紧张地强调。从周说他弟弟去年婚礼上，父亲不知从何处请来黄梅戏剧团，台下吃饭，台上引吭高歌。我觉得不可想象，坚决制止："我们绝对不要！"

从周认为，文明婚礼的关键，在于请一位可靠的主持人，婚庆公司那些背惯恶俗台词的司仪，恐怕会引我当场反驳。我深表认同，想到一位相识多年的友人，在往来书信中，他被称作"嘉庐君"。嘉庐君白净文雅，口才出众，声音也好听，再没有更合适的人选。贸然请人做这件差事，多少是赶鸭子上架，我与从周半强求半哀恳，绑架一般，司仪的事就这样定了。当下便为我们的讨论组起了名字：山中文明婚礼别动队。我认为很满意，必也正名乎，虽然别动队的任务长久未定。直到婚礼前一月，才猛然想起，我们到底该做些什么？不慌不慌，电影里，父亲领新娘上前，交给新郎。主持人询问双方，不论任何情形，是否都愿与对方在一起，如此云云。网上找找流程，看看电影，照葫芦画瓢，应该无啥问题。

那一阵很焦虑，来自日常生活的种种烦扰，婚礼成了不合时宜的庆祝，反令我愈加消沉，竟至白日昏睡，沉沉不起。近有台湾青年作家林奕含自杀去世，网上看到她婚礼上的致辞。"现在我穿着白纱，人们说这是一个女人一生中最美的日子，但你知道这句话是什么意思吗？说结婚是一个女人一生中最美的日子，不是称赞你美，是从此以后你里和外的美要开始走下坡，是你要自动自发地把所有性吸引力收到潘多拉的盒子里。"连夜读她的遗著，想起多年前去世的邱妙津，也曾带给我巨大震动。我刻意逃避多年的文学及写作，突然以这样的方式劈头而来。于我而言，文学、写作是体验、实践，也是放纵、消耗，痛苦仿佛深渊、暴风之海。不健康，充满诱惑与歧途，可能毫无目的，即便有貌似积极的结果，也并非出于本愿。

"我想在婚礼上发表一点感想。"有一天，突然这样说，"讲讲我对新生活运动的看法，如何培养小孩子，室内为什么要禁烟，等等。"故意开玩笑。

母亲很紧张："新娘子要矜持，微笑致意就好。他们吵闹、吸烟，你就忍耐这一回而已。你发表再深刻的高论，也没人要听，不合时宜。"

从周也说："婚宴最关键是什么？喝酒吃饭。我们赶紧办完，他们也好开饭。"

母亲笑说："我们这厢节目还要多呢，比方说有抽奖环节，还要上台唱歌，就图个闹热。主持人要讲讲段子，你若听到，肯定又生气。"

"抽奖？"我觉得好新鲜。

"是啊，上回人家结婚，我抽到一个玩具熊。"母亲说。

忽而想起，去年冬在上海参加同学婚礼，似乎也有问答环节，礼物装在红纸袋子里，很漂亮。主人家还准备了许多小金鸡坠子随手发，周大福还是周生生的，不太贵，样式可爱，我也得了一只。

婚期日近，据说酒店与婚庆公司也已定下。已经结婚的师姐说，婚纱买比租更经济，力荐我去网购一件。于是挑了一家据说是米兰的公司，主页各色婚纱琳琅满目，有如电影场景。最关键价格亲民，稍增费用，还可按尺寸定做。消费时代很贴心地为平民提供了梦幻陷阱，花不多的钱，就可以完成看起来合乎标准的种种仪式。

不久，收到一只来自香港的小包裹，塞得鼓鼓囊囊，结实如炸弹。费力拆开，哗地涌出那两件网购的米兰婚纱。看着似与婚纱店橱窗系列无异，且尺寸合适，不由暗松一口气。

去夏新婚的友人特别提醒，婚礼前不要给新郎看婚纱，可保留一点惊喜，也算是小小迷信。我开始也颇郑重其事地告知从周,但很快就保守不住秘密,向他展示了那两件婚纱:"大约江户后期和刻本的价格,不算贵。"尽管从周说,应该是东莞或内地某处制作,香港贴牌发售。我家附近有间小酒馆,店主私立名校商学院毕业后,跟师兄去香港做皮具生意,也是东莞制作,香港贴牌,再卖到日本。不过没赚到什么钱,不久便回去了。

母亲说近来总失眠,因为要担心许多事情。婚礼该穿什么衣服,要不要重新布置我的新房,是否要添家具,我会不会在婚礼上不开心。我惊讶又抱歉,为自己的任性,也为自己的不问世事。婚礼的本意在于让父母心安,如果父母因此而费神,就失去了最重要的意义。

"新房和家具都不要考虑,现在的样子就很好。"我说。前些年订婚,父亲执意重新装修屋子,并给我买了新的床与衣柜。我反复说不必,他甚至快生气了。又说要添梳妆台,买张新书桌。我极力阻止,因我并不梳妆,而那张堆满书籍的旧书桌,如老友一般,岂舍得换掉。最后母亲发话,梳妆台与书桌的事才作罢。虽然父亲想起来就觉遗憾:"旧桌子,不像话。"从前在小说里写过几乎完全一样的情节,回头重读,非常惊异。里面的主人公因结婚不愿买新床而被父亲斥责,后来不仅买了新床,还换了崭新的灯具。写小说时,刚与从周交往,离谈婚论嫁尚且遥远,这情节毫无疑问来自当时的杜撰，算得上精准的预测。没想到自己如此留恋这间屋子的往日陈设，或许是不愿彻底面对婚后的身份转变。

8月下旬，暑假开始，定了回北京的日子。临行前一日慌慌张张去买耳钉和首饰，在店里挑了一对特别大的珍珠耳钉，镶了许多水钻，少女会买的便宜首饰，过家家一般。又买了一只嵌满假珍珠的插梳。将两件婚纱用巨大的包袱皮裹紧，塞进箱子。突然想起还没有高跟鞋，电话问母亲借鞋子。父亲听见电话，很生气："太不像话，你没有，我给你买。"我找典故，"一点新，一点旧"，无妨。最要紧的是我平时根本不穿高跟鞋。父亲并不理会。

后来回家，去山里前一夜，忽而想起没有配正红旗袍的首饰。母亲挑了一串饱满的珍珠项链，问我喜不喜欢。父亲又生气："怎么不买，我给你买，太不像话。"深夜到哪里去买项链呢？母亲忙道："这个我没戴过，倒是新的。"

母亲笑："你爸爸看别人嫁女儿，总得置办一大堆东西，你这么简陋，他觉得过意不去。"

我说："没想到他这么在意仪式。"

"他也没经历过，比你更紧张。"

至于到了正日子，父亲突然不知如何挽我走那条受人瞩目的廊道。我踩着全然陌生的高跟鞋，蒙着头纱，且不习惯隐形眼镜，耳朵里充斥着高昂动人的音乐，五感仿佛全部丧失，不敢迈步，小声跟他说："我看不见。"

"不怕，不怕，我扶着你。"他先是牵我手，见我步履迟疑，又紧紧挽住我的胳膊，却是奇异的押送姿势。半路上换成小心翼翼扶着我的腰。似乎与电影里见的不太一样，但我们也不曾彩排，就这样吧。我原本觉得好笑，那一刻也莫名其妙严肃起来，却又因奇异的羞赧，一直躲在头纱后面笑。

- 4 -

9月初，回到故乡，赶上中元节。故乡特重此节，父母头一天就备齐了豆腐、香干、猪肝、大肠、鱼肉等，次日一早，领着我与从周回旧家。

"你也去拜一拜。"他们吩咐从周，又吩咐我，"过两天去他家，你也要拜的。"

庭中橘树结了果子，银桂枝头缀满细密的花苞，快要开了。每携从周到此园内，总不忘跟他回忆："小时候种下的这两株，非常小的树苗，想不到会长这么大。"

母亲惋惜："当时那棵蜡梅，不移栽就好了。"

这窄窄的庭院，是我童年的安乐乡，也是日后回忆中不断重构、敷色的梦境的原型。我们从前种过许多植物，四季常见收获。有一年父亲探亲回来，要装修旧屋，嫌当时院内一株蜡梅碍事，说要搬走。我很反对，引起父亲的强烈不满，或许是赌气，竟有人挑战他的权威。蜡梅被执意搬走，不久便枯死。我怨恨了很久，也觉得委屈。后来父亲开辟停车场，甚至想将院子全以水泥铺平。他喜欢那样整齐划一的秩序。那两株亭亭高过屋檐的橘桂，他认为不仅遮挡光线，复杂的根系还威胁了地基，不如锯掉。这下所有人都反对，他让步说，那不锯掉，在树根处留一圈不填水泥。"树长不活的。"母亲劝说，最后父亲总算开恩，把计划中的停车场缩小一半。

那一阵我们龃龉很多，彼此都在叛逆期。

最近他非常关心园中植物，还新植金橘、栀子、月季、芍药。青柿子落了不少。他大为可惜："我明明张了网，还当鸟雀不会来。"

父亲指挥从周搬桌子，布置祭品、酒盏。从前不知他会这些，祖父已经远去，我替父亲感到寂寞。

金银箔质量太坏，没有切齐，叠元宝时斜出一截，对强迫症的人是莫大折磨。我教从周叠，顷刻他便会了。母亲惊讶："你怎么会的？"

"好像是老早姑姑教的。"

"我都不大会了。"

黄表纸也粗糙不堪，现下无人关心这些，模糊有个样子已属不易。依稀记得小时候用过一种细薄的黄纸，可以练字。

焚香化纸毕，浇酒于地，余烬明灭。依次将长凳挪开一角,据说祖先已享用过,就此飞升作别。

后两日在从周家祭祖,是去山中墓园,那里有很好的黄纸,他说现在很难买到好纸,此地有老人为自己准备了身后几十年儿女祭祀需用的黄纸。还有一种花纸剪出的衫裤,非常精致,我从未见过。特意观察一番,是以方纸对折,剪出长衫的轮廓,再挖出领口,斜剪一条衣襟。与传统斜襟衫的平面裁剪法别无二致。

那日下午,从周父母、从周弟弟并其他三位亲戚驱车抵达本地。之所以强调人数,是因接下来的经历令我知道,"偶数"是极受重视的元素。从周故乡离我家有六百多公里之遥,无有直达火车或汽车,最方便的办法唯独自驾。四年前从周父母也来过一次,是为提亲,带来了红纸包着的茶叶、桂圆、红糖、花生、大枣等。实在太羞赧,我只好当是民俗学体验。幸好保留的仅是可爱的吉利的食物,不需我活在其他对女性极不友好的传统里。

"就当是田野调查。"从周屡屡以此安慰我。

当晚众人宴饮,庆祝我新婚,也为次日即将远去山中的我饯别。酒席温情脉脉,堂房长兄不断拉着我与从周合影,他的儿子长得非常高大,大约是有一半蒙古血统的缘故。我记忆中的他,还是瘦小沉默、绕柱奔跑的儿童。表弟为我布菜:"你多吃点,上回这样的聚会,是你考上大学,到处敬酒，一口菜都没吃。"

"这你都记得。"

"十多年前的事了。"表弟沉稳地说。

菜上得飞快，外间下起雨。两位堂姊握着我的手，我也很觉恋恋。她们比我大了一轮，我还是儿童时，便参加过她们传统、盛大而保守的婚礼。二姊姊婚后不久有身孕，有人非常神秘地讨论。祖母同人解释："是撞门喜呀。"很久才知道祖母是在维护二姊姊婚前贞洁的名誉。我以为大家早已是现代人，非常不可思议。谁想到后来流行奉子成婚，甚至听说，有些人家要确认生的是男孩，才好办结婚手续。可怖的人间。

姊姊们性情都温默隐忍，我没有这样好的品质，想说什么，但不知如何开口，怕自己太虚伪。

祖母认知症益发严重，认不出我们，我也无法向她奉献新婚的喜庆。她见到我，总爱喊二姊的名字。我太久不在她身边，也许已从她的记忆中消失。她总是一脸天真慈爱的笑容。得病之初，记不得别人的名字。人们问，这是谁呀？出于自尊，她也是如此笑着，反问，你说是谁呢？尚有自保的能力。后来渐渐无法交流，大家也丧失了考她的兴趣。我握着她的手，抚她的背，她白皙细腻的皮肤，松弛的，有一些珊瑚小红点。亲戚们常说我们继承了她的好皮肤。记得小时候暴雨之夜，母亲也十分害怕打雷，与我一起躲到祖母宽阔的雕花床里去。非常奇特的亲密感，蚊帐被闪电照得雪亮，我竟觉得很安全。

她很早与祖父分床，后来才知道，青年时接连不断的生育令她烦恼不堪："养不起了，不能再养了。"偶尔我也会跟祖父并头午睡。旧式木床在儿童眼中，仿佛跑马场一般阔大，幽深安全的天地，比自己的小床有趣多了。隔着重重帘幕，能看见窗外的柿树，便是父亲感慨被鸟雀荼毒的那株。

- 5 -

当晚母亲告诉我，明日我与从周随他家的两辆车先走。他们跟在后面，先去接嘉庐君，再去南京接从周父亲的朋友。中途我们可以在马鞍山市会合，继续前行。我问，为什么不能与你们同行？母亲说，新人出行，从人数到车辆，都应为偶数。"日本倒是喜欢奇数。"我无聊地说了一句不相干的话。

"快睡吧，明日要起早。"

本地与彼处通婚的风气倒是由来已久，譬如桐城姚倚云曾嫁本地名家范当世。当初说服家人接受从周，也说他是桐城邻县人，与本地渊源不浅。"隔壁还是张恨水的故乡。"我极力颂扬从周的出生地，学风浓郁之地出来的人，想必值得信赖。实则完全胡诌，从周故乡建县不足百年，县城人口不足四万，与桐城派或皖派毫无关系。我家也是彻底的平民，不乏虚荣心的平民之家。

外祖母一向不认可从周，出于苏省人士对邻省根深蒂固的偏见与不安。"你当初就嫁得太穷，怎么女儿嫁得更糟？"耄耋之年尚极清醒的外祖母曾痛斥母亲。母亲诺诺。又质问我："你怎么好嫁个那种地方的人？你就不能让你姆妈过几天好日子？"而我也不好跟她介绍《苏北人在上海》，告诉她其实我们也处于鄙视链的下游。外祖母对从周的鄙弃唤醒父亲相似的记忆，父亲遂与从周同进退，仿佛也在维护过去的自己。从周意外获得强有力的支持，外祖母见情势如此，亦缄口不言，但冷淡高傲的态度从未有所松动。

姚倚云著有《蕴素轩诗稿》，婚后有《呈夫子》诗，"岂惜丝萝弱，千里缔婚姻""瞬息将三旬，何时见高堂。无违在夙夜，勉力侍姑嫜"云云。想象从前女子远嫁，去往方言、风俗陌生的异乡，的确须有与往事永别的觉悟。父亲偶尔泛起的伤感与焦躁，大约是传统婚姻的遗韵带来的恐慌感。难怪母亲常要笑他："又不是真嫁到山里呀。"

次日一早，吉时启程，两辆车在前，父母遥遥在后，浩浩荡荡进山。我携一册闲书，身边有充足的零食，显得很随意。从周与家人皆以方言交谈，虽不难听懂，但我依然感到孤独，又不好意思学他们说话。多年以前，曾作《山中方言学习笔记》，总结发音规律，讲给从周听，他掩耳逃跑，笑曰："明明娶了说普通话的姑娘，瞬间又回到山里，好像换了个女朋友。"

然而从周弟弟初到本市，不熟路况，很快与前一辆车走散。可惜大人们苦心安排的"偶数"。起初我们还试图赶上那一辆路线正确的车，不久又走错路，眼看也要直奔南京。窗外飞着细雨，我试图体会沿途风景之变，但提不起兴趣。昨日外婆送了一大包水煮菱角，此刻百无聊赖地剥了吃。又剥花生，自己吃了一会儿。再剥一拳，拍拍从周妈妈的肩，放到她手里。她很惊讶，旋即喜悦。我大不好意思，错开眼神，假装自己困了。

出泰州高速路收费站，从周弟弟找不到收费卡，到处找都没有。来了两位值班人员，命我们将车开到路边，停下来仔细找。我也下了车，沐着细雨，小声说："刚刚还看到的呀。"弟弟说："也许掉到座位下面去了。"两位值班人员态度非常和蔼："慢慢找，不着急。找不到要罚款的呀。"从周母亲笑眯眯："我这个儿子呀，丢三落四。"或许因为我在场，更多几分窘迫。从周怕我不高兴，非常紧张，也上前去找。一群人几乎要把驾驶座拆掉，我矜持袖手，心想大约是找不到了，笑问："要罚很多钱吗？"

"二十块钱。"工作人员惋惜道，"不可能丢的呀。"

我顿觉轻松:"那就罚吧!"

不一会儿,父亲接嘉庐君的那辆车也到了,所有人好像都怕我生气,安慰说:"没事没事,小事。"

父亲停车休息,突然上前抱一抱我,我吓一跳。

"接下来跟我走,一起去南京!"父亲下达指令,神情很得意。

从前女子远嫁,身处舟车,会是怎样的心情?我努力想象,但心情已渐变作郊游般的轻快。远望见石头城的群山,想背几首应景的诗,谢朓还是李白,又或《桃花扇》。昔年爱读词曲,深喜文辞典雅哀丽的这一部。"渐渐的松林日落空山杳,但相逢几个渔樵。"却无心仔细回顾,只贴着玻璃窗,怔怔看那云白山青。又开着"南京是徽京"这样很无聊的地域玩笑。从周很配合地说:"南京当然好啦!做我们省会再好不过。"

直到午后2点,才抵达马鞍山,在服务区与另一辆车会合。而他们已在那里等了我们两个半小时。

- 6 -

黄昏徐来,终于抵达从周的故乡。风景与五年前相比,似曾相识,又仿佛变化许多。车旅劳顿的我们被安置在城外酒店,我们都被那豪华陈设吓了一跳。

日色已晚，驱车进城吃饭。一大屋子笑眯眯的亲戚，仿佛五年前见过，又不大叫得出称呼。母亲小声吩咐从周："你快给她介绍呀，要打招呼的。"于是伯母舅妈姊姊弟弟一通乱叫，我们被分到年轻人的一桌，仿佛《红楼梦》里写，姊妹们互相厮认过，依年齿辈分归座，彼此低眉微笑。他们家的姑娘，有几位生得很美，长眉俊目，薄唇微抿。"见了这里许多事情不合家中之式，不得不随的"，不好意思反复搛中意的菜，只好小声指挥从周。特别是那盘蒸山鸡，美味异常，下箸最多。

我故技重施，假装听不懂方言，带着友好却近乎倨傲的笑容，埋头吃鸡。连自己都讨厌这副姿态，却不能放下戒备，时刻保持高度警惕。

"早生贵子！"果然有人这样祝福。

狠狠扫一眼从周。虽只是顺口的吉利话，也被我归入文明婚礼需要革除的旧习。从周抱歉地含糊了一句什么。我挑挑眉，想是满脸不屑一顾，以示对固有生育观念的抵触。

母亲说："为什么要在意呢？算不上冒犯。人家说说又不会真有孩子，笑笑当耳旁风算了。要心平气和，讲究策略，巧妙处理矛盾。"

母亲的话很有道理。但我依然要抵抗，新生活运动的结果先不论，态度必须坚决。虽对蒸山鸡恋恋不舍，但已想离开。所有人都很宽容，笑着安慰我，说奔波辛苦，快去休息。

几分钟后，被送回酒店，同行的还有从周与嘉庐君。

"那月亮真好，可惜灯光太刺眼。"我说。温泉酒店的巨大灯箱，灼目的红色，被夜雾洇出一大片，天与山色都染上迷幻的薄红。十四夜的明月，远不如路灯明亮。

"不如散步到没有灯光处？"我说。

漫然走着，心中寂寞。山道岔路口有一座土地神庙，曰相公庙，横批重重叠叠，大约都是"有求必应"。小铁门内真有一对土地公婆，手机灯光照明之下，神情有些过分栩栩如生。进山有石阶，道旁开着栝楼的洁白小花。山下有狗舍，忽而群犬争吠，长久不歇。嘉庐君怕狗，建议止步。而我已看到山林间涌起的白雾，以及林间清澈的月色。

"这里月亮可好看了，来吧！"

岂料那二人都不肯再往深处走，我也只好下山，换了另一条平缓的山道，终于也看到了月亮，灯光全部消失了。月色下竹与松孤独的影子，其实并不罕见，但这一刻我格外喜欢。

与酒店相反方向，有一座小村落，看路牌，叫解放村。村内有蜿蜒浅水，两岸草木颇盛。从周称，幼年曾在故乡此类浅水河中摸鱼。途中遇到碧绿的螽斯（蝈蝈）停在豆叶上，很漂亮。又见栗树、茄子、豇豆、玉米、鸭跖草、蒿草。月亮被云遮住了，这山村土墙之上，也毫不意外地喷涂着常见的流行标语及粗陋的绘画。无论我多么努力地要去寻觅一些可爱的风景，毕竟也是如此。山野虫鸣无尽，蟋蟀、金铃子、蝼蛄。月亮又露出一团，景色逐渐熟稔，不再有陌生的新鲜感。

"我感到寂寞。"我这样说，很书面的表达。那二人不搭腔，静静陪伴，仿佛在目送我必须告别的一段人生。不喜欢这种隐喻，但或许仅是自己的过度阐释。倦意涌来，再不能多作一言。

- 7 -

焦躁情绪经一夜饱睡，已成强弩之末。缓缓起来，掀帘看窗前翠嶂溪烟，翩然照水的白鹭栖在汀上，仿佛卷上一点落款。

"下次有空，应该多过来玩几天。"我真诚赞叹。

"什么叫过来，是回来。以后这里可是你的家。"父亲特意纠正措辞，他很讲究繁文缛节，我很早就发现，自己其实也有这种特性。

上午果然进山扫墓，行礼如仪。我以后应该不会葬在此处。想起日本女性近年常有的讨论，说身后不想葬在丈夫的家族墓地。"里面很多人都不认识，怎么相处？太寂寞了。"

我们的生死观固然清明简洁，也不大关心灵魂——想必是没有的，墓地还贵。好友香织头一回知道中国丈夫的故乡竟还是土葬之俗，大为震撼，哭了一场，与我讨论很久。思考得透彻而完整的生死观骤然受到冲击，我大概可以想象是何等动摇。

从周父亲在山中掘了一些肥沃的松针土，盛在蛇皮袋内。是我父亲嘱托，想要点山土回去养花。去年参加从周弟弟婚礼，父母得到他们家馈赠的几盆蕙兰，出游都不忘随身搬走，照料得异常精心。父亲十足体会到养花的喜悦，对那山中来的娇贵蕙兰宠爱有加，近乎手足无措。

这天下午至傍晚，北京请的几位朋友陆续到了。身边终于有了一位女伴，便是去年夏季那位新婚的友人。我们虽对婚礼都心怀拒斥，认为徒然花费时间与金钱，却还是陆续实践。如果我们有儿女——绝不是认同"早生贵子"，只是假设——未来也会敦促他们的婚礼吗？虽然我们都以为自己开明而独特，移风易俗很轻松。

缓冲的一日糊里糊涂过去了。想去传承悠久的邻县拜访先贤遗迹，想去山里看古寺。当然都不可能有闲暇。父母倒是抽空往附近山中散步，被淳朴好客的山民邀往家中小坐，喝了山里新茶，获赠几盆植物。虽是平原也常见的吊兰、虎尾兰、碰碰香之属，父母却非常愉快，并激发卜居此山的兴趣——五年前来时，父亲也曾有此念。

- 8 -

珍贵的假期，贡献给了婚礼。本应读书、劳动——始终有这种紧张感。前途缥缈的学生时代，任何享乐都是罪恶，克制与苦修才是应有的美德。虽然每日的踌躇与痛苦对工作的侵蚀，与享乐似无本质区别。

山中县城婚庆公司没有竞争，摄影师、化妆师都是临时拼凑的组合，自然难求效率。婚礼当日上午，从周还在修改海报字体，文字工作者的尊严不容侵犯。我们选了爱猫玄米的照片印在巨大的海报上，仿佛偶像崇拜。路过的人们难免驻足凝视，这独特的趣味是旋转的陀螺、不曾跌入梦境的确证，是一点不足道的虚弱的反叛。

下午2点，梳妆完毕，忽有摄影师长驱直入，指点了几个摆拍的动作。随后从周在外叩门，据说此时原本应有丰富的调笑节目。按照程式去办，自然不够"文明"。但若一概省去，当即开门，似乎又有些无聊。踌躇之际，遂命从周唱歌。我也不知怎么想到这个。真等他开口唱，又尴尬得头皮发麻，坐立难安，急忙隔门命他不必了。

"田野调查，田野调查。"我反复对自己说。之后从周捧花而入，单膝跪地之类不必要的名目自然被我免去。众人环绕，只觉窘迫，故作淡定问："你叫得出每种花的名字吗？"当中有一枝浅蓝绣球，是他网购的花材，感激发达的物流。毫无难度的问题，仿佛是我故意宠他，益发不好意思。

"出发的时间要看好，不是八便得是六。"父亲特意嘱咐司机，接下来我要去从周家拜见翁姑。此地仿佛还是以时辰为单位，计算着"荒村古庙里的一寸寸斜阳"，人们性情和悦从容，尤衬得我们一家急躁紧迫。"在通商大埠，一日所作之事，以交通之便捷，可抵内地之二日。反之，在内地则一日所行之日非两日不办矣。是故内地人之心理与居于交通大埠者之心理，其缓急正自不同。每游内地，觉其人于午前所当行者曰迁延至午后，或晚间无伤也。"想起从前人们关于时间感的讨论。

父母对于出行人数也极在意，反复清点，认为十六或十八最好，或许是他们多次参加别人婚宴时习得的经验。大家对于仪式都很陌生，时刻都在矛盾与和解中。隔着车窗看见母亲，她也是腼腆不安的模样，只是对我笑。我那么爱她，甚至不想以同等之爱去爱其他任何人，哪怕形式也不可以，仿佛那是背叛。

"我不知道喊不喊得出口。"我嗫嚅。

母亲笑："必须喊的呀，你看从周早就喊我们了。"

"可是好像背叛了你似的。"

"傻话。"母亲上前抚了抚我的头发。

母亲与父亲所处方言区不同,她喊自家父母为"爸爸""姆妈",婚后随父亲称呼我祖父母为"父""娘"。这种称谓上的区别,或许更方便她整理不同的感情,可在不同环境自如切换身份。曾与她讨论这一问题,她笑:"哪想这么多,我先前还觉得娘这个称呼太古老,跟旧小说似的。"

读《琵琶记》,赵五娘称蔡伯喈父母为"公公""婆婆",被他们呼作"媳妇",而今这些称谓只合第三人称描述,不会当面称呼。从周母亲起先唤我乳名,近来直唤"女儿"。日本的称谓更简单些,称呼好朋友的父母可径呼"爸爸""妈妈",可以视为"某某爸妈"的略称。复杂的称谓是划定家族成员亲疏远近的方式,特别强调父系亲属在伦理规范中地位高于母系亲属,是儒家文化的基本家庭观。因此年轻一代不喜欢"外公""外婆"中的"外",要求两边平等,都喊"爷爷""奶奶"。日本倒一直不分,也没有"舅舅""姑妈"等区分母系父系亲属的称呼,统统简化成"叔叔""阿姨"。民国时革新风俗,也从称谓下手。革命时代彼此称呼同志,以示平等。我与从周也反复探讨过彼此的称谓,还是欧美直呼名字的方式更方便。

终于等到了某个八分,司机准时出发,沿山溪缓行,很快就到城内。父亲叮嘱过,抵达的时刻也需是好数字。不小心错过一个"八",只好等下个"六"。从周家门前已聚满亲戚近邻,连狗也笑眯眯看着我们,墙垣外开着紫色牵牛,五年前见过的一株枇杷树还在。

就这样来到屋内,到处是"囍"字与红色。我们被簇拥入新房,床单上果然撒了桂圆、红枣、莲子等物,"早生贵子"!从周忙把干果往枕下藏,低声解释:"防不胜防。"眼见有人抱了男婴上前,要放床上打个滚儿,求子的好彩头,随处可见的生育渴求。我急道:"不要!"大家一脸和悦,笑嘻嘻抱走了婴儿。

临时请的摄像师傅此刻充当了礼仪指导,情绪高昂地介绍了许多杂糅的民俗,听口音并非本地人士。一些我认为不够文雅的内容,譬如互相喂食,皆一例拒绝。如此好商量,时刻警惕、誓与"野蛮"作战的我,反显得粗暴傲慢,很有些不好意思。从周母亲端了红枣莲子百合茶过来,她比我们更紧张。幸好不是生饽饽或生饺子——小说上读过的。众目睽睽,我极力做出平静的样子,试图消解陌生感,特意避开枣与莲子,挑一片百合,喝了茶。口干舌燥,又喝一口茶,可笑的新娘。从周母亲接下来要喂我们吃云片糕,吃过便要正式更换称谓。"母亲。"我嗫嚅道,选择了更容易的书面语,幸好不要跪地奉茶。

众人鼓掌庆贺,这一轮节目顺利完成,可去客厅休息喝茶。桌上摆着丰盛的果盘，我吃了一颗枣，看见天井里养着兰花与石菖蒲。许多年前从周便讲过，此地山中多兰蕙，山民们喜欢挖回来盆栽。他在这里长大，此刻我也在这里，像梦一样不可思议。

仍要挑吉时启程，回酒店进行晚宴。天色已暮，远近山中渐起云雾，今晚会有月亮吗？

- 9 -

年轻的化妆师为我戴好头纱，告诉父亲，待会儿应当如何蒙上去。又与从周讲解，该如何掀起。他们都很紧张，反复确认。灯光与音乐已准备好，视频却无法播放，父亲与我都生气。"事关贵省与敝省的通婚大事。"我张口竟说出如此好笑的话，"这等不可思议的失误。"全是书面语，好像在念话剧台词。

我不认识的亲戚们无比宽容地看着我。有小女孩见我一脸怒容，依然很小心地叹息说："好漂亮呀，婚纱。"有人为我倒了一杯茶，比我年纪小很多的化妆师也哄我："新娘子不能生气的呀，大家都爱你。"我泄气。

父亲拥抱我："好，好，不生气。"从未有过如此一幕，还在话剧中吗？我已低垂头颈，任他蒙上头纱。我们"冷战"多年，见面就要吵架，政治观点、兴趣、工作、生活，什么都能吵。我厌恶他的命令，一如厌恶极权。拒绝服从他的安排，好似是为自由而战。很常见的成长、抗争模式。

嘉庐君极尽职，我听见他在灯光里念台词，节目开始了，父亲将我领上台前，从周过来迎接，台下小朋友拼命撒花。将女儿交付到另一人手中，自己退场，哪怕仅是表演，也有些残酷。然而世俗婚礼的模板与套路如此，我一时也发明不出新的。

婚庆公司的工作人员提醒我们去倒香槟塔，正要举杯同饮，又有人上前小声说："不能真喝。"原来是假香槟，或许是茶？来不及考证，台下宾客已干过杯，有人迅速拿走了我们的假酒。

好在去年见习了四场婚礼，接下来的流程大抵熟悉。交换戒指，宣誓，家长祝福，友人祝福，礼成。没有抽奖，没有新郎新娘表演节目，不像李安的《喜宴》、杨德昌的《一一》那么闹哄哄。

新娘似乎应该感动落泪，但人前怎么能哭泣呢？于是一直笑。

外面下起雨，天井的池水无数涟漪。终于开宴，宾客可以吃饭了。父母特意吩咐，不能太早上菜，否则客人都在吃饭，也是他们从无数婚礼中获得的经验之谈。

"辛苦啦，完成任务了。"母亲附耳笑道，"多吃菜。"我爱他们，我需要很多爱，也想给他们很多爱，但不知如何做，显得异常笨拙顽固。

"你爸爸眼睛都湿了。"母亲悄声笑，像从前我们躲在门后看他一般。与母亲朝夕相处的童年与少年，是一生最愉快无忧的金色岁月，因此长大后要花很大力气去习惯更为真实、残忍的世界，并重新审视金色岁月的沙砾，以及当中被我有意无意忽视的狰狞面孔。

担忧的事情有许多，但今后可以更有勇气去探险了。

回房间换下婚纱，费力摘隐形眼镜时，听见嘉庐君等一众友人在门外讨论说，要冒雨去山中散步。

"也想去！"我举手，从周一脸笑意，并不阻止。

母亲拦下："你们两个累了，好好休息。"

众人散去，我落寞道："我也想去山里。"

从周说："明天去外公家，是在山中。"

"没空去桐城，或者潜山了。"

"下次来，慢慢玩。"

下次会是什么时候？我的上次在五年前。

从周很快就睡熟，我在窗前看雨，那蒙蒙的深青是群山，白鹭栖在何处？仍有虫鸣，雨轻时可以听见。婚庆公司赠送的婚房，贴着漂亮的"囍"字，床单与被子也是明丽的鲜红，他们从山里回来了吗？夜雨的山中，景色如何？打开电脑，看了一集远野地区的纪录片。想起周作人翻译的《远野物语》，虽只是零星几段，却是我喜欢柳田国男的起点。

- 10 -

照理新妇婚后头一日应为翁姑做羹汤，我并无这项任务，径睡到父亲来敲门，说大家都在等我去外公家，北京的朋友们也已在归途。

大事已毕，父亲不再紧张，神情悠闲，满眼笑意，也有心情观赏沿途风景。依然是雨天，满目一色青碧，近处是绵延的竹林与栗林。忽而望见"法云寺"的路牌，问有何来历，从周说可溯至晋代，不过屡经劫火。我问他可曾去过，他说去过。后来又同我回忆，那山里有菜地与竹林，登上石阶，能见到山门。进去便是一座七重塔，塔尖已残。"应该重修过，其余房舍都是新修，造像建筑都无出奇，普通山寺而已。"这样贬抑的描述，想是为安慰我无暇进山的遗憾。

窗外溪畔又出现一座小白塔，这个我认得，是从周多年前就讲过的惜字亭。从前江浙一带多有惜字会、惜字局，倡导修身积德，是很世俗化的信仰。祖母也有惜字的习惯，我自小被教育，不能随意丢弃有字的纸张。此前在中国台湾东吴大学，还见过一座新修的惜字亭。

车拐过一座小小的石桥，不多时便停在人家屋后的空地上。稻已结穗,田埂上种着扁豆与豇豆。田野里有玉米、黄豆、茄子,南瓜仍在开花,结了硕大的果子。白墙黑瓦的屋前种着千日红、凤仙、紫薇,都被雨水洗得晶莹鲜丽。山坡上芒草低垂,野地胡乱开着茑萝、牵牛与鸭跖草,我忍不住上前两步。听见一位表弟用方言跟人笑说:"她没见过这野花呢。"

我即刻暴露了自己听得懂方言,回头说:"见过的呀,还都认得。"

不知何处有桂花香气,欣喜四顾,只见头顶毛栗树结了圆滚滚的碧绿的刺球。

想起这几日隔窗听到的市声:"卖毛栗——"音近"买毛里",栗为入声,此地入声不读促声,故而"里"音格外起伏悠长,拖着尾音。栗子是此地特产,与从周交往之后,我们全家就开始吃到山里寄来的各种栗子,却是第一次这么近地看到栗子树。京都山中当然也常见,本不该大惊小怪。

母亲很开心:"栗子!"说着要上前拍照。弟弟急忙提醒:"当心毛栗砸下来!"

从周父亲与舅舅执伞迎我们进去,坡上有一座宽阔的院落,便是从前他在信里说,要折梅枝寄我的所在。五年前来时,在医院见过抱恙的外公,如今气色甚佳,只是耳背。外婆是初见,握着我的手,一直笑。镇上方言比县城难懂,这下的确听不出来,大半需要从周翻译,因而真作了沉默的新妇。

院内有三株巨大的桂树,方才的香气竟来自此处。石榴结了果子,已经裂开,但蹦起来也够不着。民居样式与我故乡很不同,高阔的前厅两侧并排许多间屋子,三代同财共居的格局。后院有梅树与蜡梅,养着肥硕昂然的鸡,在雨中从容踱步,咕咕咕润着喉咙。前厅后一间的堂屋有为客人备下的茶水并果盘,正中供奉先祖神主。年轻女眷们围桌剥瓜子与花生,婆婆切了一块月饼,说是某某表弟从深圳带回来。从周家亲戚太多,我大半记不住。

弟弟在前院折桂花,弟妹怀中已抱了一束。几年前弟弟带她到北京,我们见过一面。如今是第二次见她,怀胎已九月,贴着头皮编了两条好看的辫子,眉眼细细的,总噙着笑。我们几乎不曾说过话,也不知如何称呼彼此,只是笑,仿佛异邦人相见。弟弟很活泼,一向喊我"姐姐"。

"啊,你折了这么多!"我对他说。

"回去做桂花糖。"他笑说,"姐姐也要吗?"

"那我挑一枝。"并非出于矜持,实在只舍得拿一枝。

弟妇将花都给我看,任我拣择。弟弟见我犹豫不决,攀着树枝笑道:"姐姐来这里选,喜欢哪个帮你折。"

我忙摆手,匆匆选了弟妇的一枝,非常愉快地擎在手里。母亲也喜欢极了："要比我家那株大许多。"

回县城吃过午饭，去从周家休憩。那桂花被我养在玻璃杯内，放在床头，我小心观察属于我的房间，悄悄在床上躺了会儿。大人们在客厅闲谈，母亲赞叹婆婆兰花养得好，又开了三五朵，满室细净的幽香。

"我想学游泳。"想起母亲说的话。

"让你爸爸教。"

"你也一起来学。"我对从周说，又力邀嘉庐君，"你也来！"母亲说想回去睡觉，她已不再担心我与父亲吵架。

那温泉十分豪华，大出我意料。因是淡季，没有什么游人。进入泳池，父亲说："不怕，我在水里托着你，你放心游。"

屡屡失败，很不好意思，父亲根本不生气，宽容极了。幸好近视，什么都看不清，只听见父亲温和的声音，陌生又新奇。小时候怎么没有跟他学游泳？完全不记得了。只记得幼时去青岛旅行，差点从栈桥跌进海里。母亲也不会游泳，大人决不许我靠近河湖，每年夏天，都听说有淹死的小孩子。

直到日影西斜，忽而可以在水中游出数米，快乐极了，反复确认，真的可以游起来。那些缺失与恐惧，将某一部分的我长久封存在少年时代，拒绝成长，异常迟钝。池水渐有凉意，我们终于去温泉。他们应该早就想去温泉，但都耐心地陪我补过一段童年的暑假。

露天温泉有无数汤池，薄雾笼罩的青山就在眼前，桂花香气涌来，不远处还有一池不曾凋谢的莲花。脑海里浮出一些日式宣传语，"桃源的温泉乡""至福奢侈"，始信母亲赞语非虚。

当晚从周家中设宴，小姑母掌勺，另外还请了一位厨师。厨房热闹极了，整齐罗列着许多食材，滋啦一声投入油锅，中国家宴都有的气息，灶台边的小孩子天真雀跃，曾经我也很熟悉这一切。我看清了自己的剧变，无法细述的痛苦，自我折磨的牢笼，一切又似乎并没有想象中那么可怕。自私与决绝的界线如此模糊，我觉得惭愧。

别离在即，我觉得眷恋，因而饮了些酒。邻居听说我喜欢桂花，折来一大束，很羞涩地让别人递给我。婆婆寻来一只很大的玻璃瓶，替我把桂花都盛好，她温柔细长的眼睛，与从周的很像。我已经可以从容地回望她，亦能想象出从周在这里素朴纯粹的前史。眼皮渐沉，躺在虫声与花气里，醺然将坠梦中。

次日清晨，天气放晴，窗前尚有一轮圆月，悬在薄雾缥缈的山上，又历历倒映在澄净无波的水中。汀渚深草间栖息的白鹭已然醒来，缓缓飞过这幕宁谧的画卷。

吉时登车，去从周家拜别亲人。邻居一位老人，招呼母亲，说要给她新煮的玉米，母亲手里全是从周家馈赠的礼物，只好推辞。老人又拉着我的手，我听懂她说，玉米拿着到路上吃呀！我说，好！就在她家门前等待，得到一大袋滚热的玉米。

昨日的桂花也随我们一同离开山中，沿江去往东面。途中青碧的山川，我已不觉全然陌生。五年间，世界与个人都发生许多变化，遭遇种种创痛。我的悲观自然不会因一次旅行而得到救赎，那样反倒太过浅薄。但这次旅行向我展示了耐心与宽谅的美德，也告诉我消极躲避并非真正反省。我的体验微不足道，但途中山川蕴含的丰富的学问与智慧，绝非在书籍中可以获得。

数日之后，回到北京，很快又返回京都。去机场的路上，两边茂密的树林已泛出秋天的颜色。

"是否记得，你头一回来接我时，都还是稀疏的树苗，以为长不大。"我说。

他笑道："自然记得。"

我们一直都说普通话，因此有许多书面语式的表达，仔细一想，有些好笑。要是多会几门外语就好了，交谈时应该有全然新鲜的感受。

"婚后感觉似乎还是有些不同。"他又说。

"我倒没什么感觉。"我淡然道，"我们不是一直认为形式无关紧要吗?"

悄然潜回寂静的山中客所。白日仍有蝉鸣,新剪了盆荷的枯叶,堆满阳台,一时还不知是晾干蒸鸡好,或是剪碎泡茶好。黄昏来得很早,寺庙晚钟如约响起。窗前山树被夕晖涂满金黄。再仔细看,树林的颜色原来并不仅是暮色染就,还有秋天。

"的确有些不同。从前认为很可怕的人间,而今觉得,若你在,好像也可以忍耐。而无限清美的世界,若你不在,所失的趣味,比我过去认为的要更多。"几天过后,我才与从周这样坦白说。

2017 年 9 月 23 日凌晨

种莲记

- 1 -

种碗莲是从小就有的愿望,也许是受芸娘蛊惑,"夏月荷花初开时,晚含而晓放,芸用小纱囊撮条叶少许,置花心,明早取出,烹天泉水泡之,香韵尤绝"。或是老舍《吃莲花的》很可爱,又或是被周作人那篇其实与莲花无关的《食莲花的》吸引。《浮生六记》还写了奇妙的种莲子法,初读之际印象深刻,很想效仿。说将老莲子磨薄两头,"入蛋壳,使鸡翼之。俟雏成取出。用久年燕巢泥加天门冬十分之二,捣烂拌匀,植于小器中,灌以河水,晒以朝阳,花发大如酒杯,叶缩如碗口,亭亭可爱"。而其实稍早之前的《花镜》里也有约略相似的记述,不过陈淏的顺序是先将老莲子放入鸡蛋壳,令母鸡同孵,再将莲实磨穿其头,种在拌有天门冬末的泥土内。更早还有高濂《遵生八笺》中《燕闲清赏笺》的"盆种荷花"条："老莲子装入鸡卵壳内，将纸糊好，开孔，与母鸡混众子中同伏，候雏出，取开收起莲子。先以天门冬为末，和羊毛角屑，拌泥安盆底，种莲子在内，勿令水干，则生叶，开花如钱大可爱。"

这一切借鉴的源头，应来自《齐民要术》的"种莲子法"，亦是将莲子头磨薄种下，但那是塘荷种植法，非是碗莲。如此"殆同书抄"，颇怀疑高濂、沈复是否当真亲自种出碗莲，或者是假花农之手，又或仅是抄书而已。

母亲从前工作的学校曾有一方莲池，水泥砌一圈镂花栏杆，挑来塘泥，引来校外活水，种了最普通的菜藕。夏天盛开单瓣白花，夏末结满莲蓬，有人在竹竿一头绑一截钩子，可以得到很多，很好吃。或者折荷叶炖汤、焖排骨，取之不尽。秋后寒塘清浅，请人起塘，淤泥里采出一段一段洁白肥胖的莲藕，当下清水洗了就能吃。尽管挖藕人不以为然：你们这个藕，品种非常一般。

那时学校附近多有莳花人，有一户人家擅养碗莲，普通的脸盆、泡沫盒子、水桶，都种满莲花，品种各异。初夏至盛夏，花开不断。我太喜欢，央母亲买一盆回来。后来买了一节重瓣莲的种藕，十分爱惜地捧回祖父母的旧家，满怀期待地种在水田的慈姑附近。梅雨季节，水面清圆，一一风荷举，与慈姑优美的戟形青叶亭亭呼应。但某个雨日，在水边欣赏莲叶时，水面突然嗖地飞过一条小黑蛇——我惊呆，落荒而逃。我与母亲都极怕蛇，从此不敢靠近水田。大概肥料不够或者竞争不过慈姑，不久碗莲的叶片就被慈姑叶淹没了。

多年过去，来到京都，发现本地许多人家都种盆荷。春天搬到廊下光照充足的地方，梅雨时节，团圆青玉摇曳可人。夏初始花，直到秋风起时，齐齐剪去老去的莲叶与莲蓬，准备进入冬眠。寺庙里的莲花更豪华，夏月间处处殿前清香浮动。有的直接种在池塘里，夏天就像川濑巴水《芝辨天池》描绘的情形，无穷的绿与花。有的是在水池里放置小盆莲花，为的是不让莲藕蔓延太快，也方便开败之后清理水池。也有一缸一缸摆在庭院内，比普通人家的缸要大许多，因而荷叶与荷花也往往巨大，每一缸都插一只小牌，上面写着品种名字，真如莲、瑞光莲、碧台莲、天上莲，非常令人羡慕。想起"满贮甘泉，种以荷蕖，供养十方一切诸佛。以佛神力，遍至十方，尽虚空界，穷未来际。令地狱苦镬，变为七珍宝池，地狱沸汤，化为八功德水。一切四生，解脱众苦。如莲花在混，清静无染……如苍碧水，生发红莲。道场供养，永永无边"（《焦氏笔乘续集》卷四，《解脱殿铁镬》）一类的记述。

搬到银阁寺前的第一个春天，终于下决心种碗莲。网购了名为"昭君顾影"的种藕与塘泥，照着网上的教程，栽到一只新买的蓝色塑料桶内。当时小小的阳台很热闹：正开花的铁炮百合，刚爬藤的牵牛，不知是哪里飘来的种子而生出的紫茉莉，嫩绿的佛甲草，许多种薄荷。在桶内安顿好，碗莲生出不少圆圆的浮叶，水里有许多孑孓，长成蚊子后纷纷往纱窗内钻。于是又网购十条叫作"杨贵妃"的橘红色青鳉，水质很快得到净化。到6月底，鱼都健康活泼，水面不知从何处生出一些细小的浮萍。暴雨来时，也能见到小巧莲叶上珠玉跳脱的怡人风景。由衷感叹，就是不开花，光看叶子也满足。事实上到7月底，都不曾见到花的影子。翻《中国荷花品种图志》，见"昭君顾影"条云："2003年引自南京艺莲苑。花期：晚，群体花期短。"

李贽曾有《盆荷》诗，讲"杨家有藕甜如蜜"，移回莲根，养在自家精舍的"一盂之水"内。杨家是三千大千的藕田，李贽只有"一叶两三叶"，"四山寂寂雨绵绵，一盆之水菉荷鲜"，"妙处形容难得似，暗中摸索自相缠"。心情与他别无二致，不知他是否成功等到花开。而我的昭君那一年最终没有开花，但我依然非常喜爱它，也好好照顾着杨贵妃们。那时完全没有掌握种碗莲的要点，不曾仔细研究网上的教程，所以接下来还要经历漫长的失败与歧途。

在银阁寺前赁居的第二个春天，早早从同一家网店购得重瓣粉莲，这次索性连盆一起买下，翻看评论："非常感谢，今年开了漂亮的花。""老早以前就想种碗莲，终于实现了愿望，开不开花我都爱她。"种莲入门者的心情正是如此，在没有亲自培育出花蕾之前，一切都是未知与听天由命。小心翼翼照顾着重瓣与前一年的昭君，到6月下旬，依然不见花影。路过花店，见到有现成的大盆八重莲，荷叶茂密，莲台丰美，忍不住买下一盆。花店沉默的青年在花店夫人的指示下，抱着莲桶，一路送到我家楼前。友人笑云："你在种莲这件事上，算是作弊。若按考试规矩，须罚你三年不得养莲。"

而那一年实在开心极了。每天起来第一件事，便是开门到阳台看花。新芽萌生、出水、拔高、初绽、盛放、萎败、凋零、结莲蓬、枯萎——见证了整个过程。看不够、描述不够，遂对着莲花画下来，起了名字：莲花九相图。只是九相图原意略为惊悚，好在典出佛教。到8月末，相伴数月的碗莲，为我呈现"留得枯荷"的景象，爱惜地剪下枯莲蓬与枯莲叶，盛在清课堂修长的铜瓶内，陪伴我到如今。

在银阁寺前的第三个春天，不曾为碗莲们翻盆，夏天都没有开花。而我已习惯了看叶子，那一年日记，说阳台有：

秋葵一盆、碗莲三盆、铁炮百合一盆、鸭跖草一盆、小番茄一盆、花材一盆、青椒一盆、小月季一盆、小叶栀子一盆、草莓一盆、薄荷许多。想起来并不冷清。冬天，房东向我提意见，说地板已被书架压弯，让我考虑清理一些书籍。而是年春天恰好经历了研究室师兄散书的重大事件（请参考《散书记》），正对聚书一事多有反思。但最终决定不是散书，而是搬家，找一间更大的屋子放书，也避免地震来时被书砸到。如此，2016年3月末，一番周折，搬进了吉田山的新居。

- 3 -

邂逅新居其实很偶然，先前早晚上下学途中，总会路过神乐冈半山腰的朋友书店。心想，倘若住在这附近，买书该如何方便，又是如何幸福。环顾四周，发现书店对面的一座小楼似有空房，在租赁网检索一番，果真如此，且大小十分合适。网图有一张窗前风景，正是朋友书店与背后的青山，再理想不过。次日便早早去租房公司，工作人员联系上房东，不料对方回绝说，鄙处不租给外国人。这种情形在京都很常见，保守的房东不信任外国人，宁将房子空置。租房公司的青年很抱歉，说要帮我争取一下。我忙道不必，只当与房子缘分浅罢了。青年很诚恳，请我相信房东并无恶意，又联系对方："这是一位安静的女生，在文学部读书，我看她十分可靠,请您给她一个机会。"

房东开恩,表示要"面试"我。为了与朋友书店比邻而居,虽一向最惧怕考试,也不得不慨然赴会。不料见面之后,一切异常顺利。房东是一位两鬓苍苍的老爷爷,将我请到会客室,绝口不提面试的事,给我倒茶拿点心,只与我谈生活与学习。似乎是一种海带茶,咸味中有奇妙的甜气,喝一口放下来,他和蔼地笑问:"好喝吗?这种茶对身体很好。"忙又端起茶杯,轻轻饮了一口。京都人据说有许多礼节,喝多喝少大概都不行。诚惶诚恐问他:"我的书有点多,地板不要紧吗?"他朗声大笑:"我的房子就是造给读书人用,放不了书怎么行,随便你放,非常结实。"然而起先,他并不许在阳台种花,说落叶可能堵塞下水道。我向他保证,一定勤快清理落叶。"那你不要让植物高过栏杆。"老爷爷做出让步。后来我问租房公司的青年:"不是说好要面试吗?"青年也一头雾水:"大概老人家阅人无数,看一眼就是了吧。"无论如何,我拥有了一扇与朋友书店相对的书窗。清晨听见店里人进进出出搬书的动静,入夜店门半掩,店员陆续散去,勤勉的店主会加班到凌晨。那照亮三面书墙的灯火总鼓舞我应当更勤勉,爱惜朝夕好时光。

搬进来的第一年,又不曾为碗莲翻盆。先前网购的昭君与重瓣粉莲不堪我多年冷落,再不发芽,忍痛掘出枯根弃去。只有作弊的八重仍勤勤恳恳生出新叶，令人抱愧。大概植物也有水土不服的困境，那年阳台蚜虫泛滥，八重亦遭荼毒。在日记中感慨农事不顺：牵牛种子不发芽，小花蔷薇枯死，已打苞的铁炮百合折损于风灾。居无定所，植物随我流离，颇觉不忍。多年前就担心，倘若日后离开此地，植物该托付给谁？越来越少在阳台种多年生植物，一年生的草花或蔬菜，枯荣一季，或许不知哀愁。但那年夏天，还是没有抵御对碗莲的向往，又在花店买回一盆白君子莲，仍是花店那位沉默的小哥哥，抱着莲桶送上楼。这些年虽然数次搬家，却都不出北白川一带，因为不忍远离熟悉的花店、书店、寺庙、人文研、超市。6月末至7月中，单瓣白花亭亭立在阳台，浓碧青山作它的小屏，哪里来的谪仙人，惹我默对良久，又怅惘又倾慕。

既然自家阳台莲花冷清，年年夏初就去附近的真如堂与金戒光明寺看花。金戒光明寺的塔头西云院草木蓁蓁，种了牡丹、紫薇、香橼，正殿前的小径两侧摆了巨大莲缸。真如堂墓地管理所廊下也有一列莲缸，单瓣红莲、单瓣白莲、八重粉莲与八重白莲，极茁壮。很想跟它们做朋友，从它们长叶子到枯萎，常常来看，也佩服它们的主人，应该鼓起勇气去讨教种莲之法，如此遐想了许多年。

2017年4月初，那一阵情绪极晦暗，不能奋飞。樱树纷纷落雪，又将春尽。漫步至西云院，见殿前莲花均已翻过盆，地上还有大缸淤泥、肥料、一些弃去的莲根。恰好遇到住持夫人，她说去年没有翻盆，花开得不好。今年总算下决心做完这件重活儿，请我夏天来看花。我问她翻盆的技巧，她抱歉曰实在不巧，花农刚离去不久。踽踽至真如堂墓园，去与廊下旧友相会。它们也刚经历翻盆，水尚未澄清，露出一段苴壮的顶芽。徘徊之际，管理所小屋内忽而走出一人，笑道："这是碗莲，我刚给它们翻盆。"终于遇到旧友的主人，很惊喜，说一直到此看花，却一直不曾有幸认识你。对方非常和气，彼此做了介绍。他叫省吾，故乡在京都府南丹市，管理墓园琐事与寺内花木。这位省吾先生同我介绍每盆碗莲的品种，我都记得，他愈加喜悦，又将园中草木逐一指给我看。这年天冷，春天太迟，那细小的芽是桔梗，刚刚生发。那边无缘墓旁一大堆莲根，是翻盆时多出来，可作肥料。有些莲藕长得非常粗壮，他笑，挑那没有浸染污泥的，可以吃，还不错。

给他看八重与白君子从前开花时的照片，说近年因为没有翻盆，都不再开花。他说，翻盆倒也不难，记得将上年藕、藕带、莲鞭全部清除，只留新年藕，先泡在水里。盆泥要加足够的肥料，翻透加水，静置数日，再埋入新年藕。问他用什么肥料，前几年网购时，店家曾送过一小包颗粒复合肥。他道，他只用大豆和鱼。我觉得新鲜。他道，生黄豆打碎发酵，埋进土里最好用。光撒生黄豆也行，但容易发芽，清理起来很麻烦。那就用超市买的袋装水煮黄豆，多买几袋，拌到土里就好了。哦对，鱼可不能用煮的。我笑，鱼自然不能煮——当他是指吃蚊虫的青鳉，在开玩笑。

他鼓励我尽早翻盆，若待顶芽生得更高，则容易折断，只能再等一年。我问他能否喊他种莲师傅（莲之师匠），他对这个称号颇为满意，反复叮嘱我买煮熟的黄豆和没有煮过的鱼，"听我的，应该今年能开花"。

告辞下山，立刻去超市买了两袋水煮黄豆，回家就开始劳动。阳台狭窄，行动很不便。怕堵塞下水道，在地上铺了很大的塑料袋，将桶内淤泥倒入其中，拣出盘根错节的莲藕，剔去枯黑的莲根，取两只脸盆，清水盛放新年藕。阳台种花，泥土十分珍贵，小心将淤泥分别掬回两只桶内，阳台一片狼藉，满脸满手都是淤泥。后来读到银阁寺珠宝花士的《一本草——花教给的生命之力》，有一篇《花之宇宙》单讲莲花：

酷暑之日，陶器盛满清水，侍奉莲花。于我而言，莲花是超越了喜欢还是不喜欢的特别存在，每年到了莲花的季节,我都非常开心。

樱花开时,为莲花翻盆,也为莲根分株。做这项活儿,手上沾染的味道一时无法洗去。生出如此美丽的莲花的泥土,居然这么难闻,真不可思议。

看她的插花作品,用的莲花莲叶都很大,翻盆应该非常费劲吧。她在《造化自然》里有一例莲花作品,用了红衣半凋及含苞待放的粉莲各一朵、未开的白莲一朵,此外三片莲叶,斑斑虫噬,或病或枯。川濑敏郎也爱用虫咬过的叶子,是说它们保留了植物在山野的天然面貌。而读川濑的书才知道日文"莲"(hasu)的来历,其读音接近"蜂巢"(hachisu),因为枯莲蓬形近蜂巢。川濑对枯莲情有独钟,说其虽失去色与香,却态度毅然,有超越"花"的自由之姿。他认为,枯萎之后也能传达崭新魅力的花材,此外只有牡丹。也喜欢他以新鲜莲花为材料的作品,有一件印象深刻,是大小两朵花苞,高、中、低三片从舒展到半卷的莲叶,花器是藤原时代的经筒,拙朴又奢侈。

超市的水煮黄豆里有一点昆布丝,绵软而细甜,拣出来吃掉,又忍不住吃了几粒黄豆。将黄豆洗一遍,稍稍捏碎,埋进淤泥。发短信汇报给省吾先生,他说做得很对。隔一日,遵照他的嘱咐,将新年藕埋入桶内,出芽的一端在淤泥下,根部露出水面。碗莲吧的教程也这么说——很喜欢逛碗莲吧,气氛和平而单纯,潜伏着许多神奇的人,有人家楼顶摆满碗莲,有人干脆有一大片荷塘。"碗莲这家伙最皮实了,放心大胆折腾。"种莲高手们这样对战战兢兢的入门花友说。大家交流种子经验,在花开得很好的帖子下面留言问,能不能买你的藕。每年都有人买到宿迁不良花农的菜藕,大概开不出花,但大家还是爱称"菜菜",能长叶子就好。碗莲得到人们充分的宠爱与宽容。

但我低估了黄豆发酵的威力。接下来大约一周,淤泥中的黄豆愉快腐烂,纷纷浮出水面,气味惊人。用一次性筷子锲而不舍地将它们一粒一粒摁回淤泥,不出半天又漂出来,再发奋摁回去,如此往复。到4月下旬,发酵工作告一段落,糊满淤泥的桶内终于生出三五枚细小的新芽。5月初,省吾发来追肥的视频。见他戴着橡皮手套,将一把水煮黄豆埋到土里。又将超市买的半条新鲜鲱鱼切块,埋入淤泥——原来"鱼"指的也是肥料。"我当你说的青鳉,水还不够清澈,暂时没买。"这下是他当成趣事,津津乐道很久:"她把我说的肥料鱼当成活着的小鱼,太好笑了。"5月中旬,省吾的碗莲已生出脸盆大小的立叶,而我的八重还都是茶碗口大小的浮叶。好在水已彻底干净,黄豆消失了,去附近鱼店买了十尾最便宜的青鳉,请它们吃孑孓。

省吾说,他种了多年碗莲,要诀唯独黄豆、鱼、阳光而已,其余只是等待。这年春天寒潮漫长,我在山中的阳台光照远不如真如堂半山的朝南墓地,八重与白君子生长极缓,仿佛陪我一起陷入停滞。时序变换,气温终于升高,香樟花、鸢尾与山里的藤花都已谢了,阳台新植秋葵与番茄,鸭跖草也茂密。拂去旧扇的积尘,打扫了屋内永远也扫除不尽的浮灰,请出熏黑的小猪蚊香炉,准备过夏天。而我的八重依然冷冷清清,没有几片宽阔的立叶,白君子更萧条。省吾说大概是肥力不够,让我明年放更多的黄豆和鱼。今年的结果暂且未知,只有等候。往寺内看他的盆荷,阔叶已有半人高。省吾安慰我,莲花很结实的,等真正暖和起来就好了。5月下旬,雨水日益丰盈,广玉兰紧紧结出端庄的花苞,绣球也次第盛开。一日省吾说,他那边来了新朋友,一只刚长成的小青蛙,跳上了宽大的荷叶。他回乡省亲,给我看无际的稻田与绒毯一般的紫云英,还有自家园内修剪成多多洛形状的大树丛。北白川畔开始有萤火虫,枇杷也快熟了,夜里水边有三三两两的人,细细寻找那明灭的幽光。省吾说他的故乡水草之畔极多萤虫,飞舞起来如天河的光带,闻之神往。

- 5 -

曾经有一段时间,接受一位姐姐的帮助。那时总觉身处深渊，呼吸也困难。无法工作，学习更无进展。表面虽然平静无波，但内心大约已积满绝望的淤泥。姐姐只同我缓缓聊天，问我近来有没有与人交流，有没有值得一提的事。我提到省吾和他的碗莲。姐姐美丽的眼睛含笑望着我："真好啊，你与人有很好的缘分。是吗？"我只是没有呈现内心的淤泥，那会吓到所有人。不要紧，我们都是如此。姐姐叫阳子，曾经研究三岛由纪夫，长长的天然卷黑发，妆容与服饰都很朴素，记得我说过的每一个细节，用铅笔做笔记，有时会开怀大笑，独特而充满能量的爽朗笑声。

省吾在真如堂的工作很繁重，没有固定休息日。当中又以春秋彼岸、盂兰盆节、岁末年初最为忙碌，要逐一清洗墓石，清除石缝间的杂草，更换新写的卒塔婆。散步山中，有时会遇到他正在工作，总会拨冗带我去看寺里正在开的什么花。

他有一辆天蓝色小车，下班后路过我家楼下，常给我捎些食物，又或者一起聊会儿天。6月中旬，他的碗莲早早迎来第一枚花芽，虽然在6月末一场台风中惨遭摧折，但从7月初起，他的莲花如约进入盛期。我比从前更频繁地去墓园散步，又熟悉了一些江户时代学者文人的墓，像认识了几位新朋友。真如堂与金戒光明寺大概是我最喜欢的寺庙，情绪消沉之际，总来此散步，仿佛透过镌刻死亡信息的墓石，可以获得一些生的启示。在会津藩士墓园，多次叹惋过他们被时局翻弄、过早离去的年轻生命，再不能魂归故里。曾见金戒光明寺正殿留言簿上一位八十多岁的老奶奶写下的话："这里长眠着我的先祖，少年时代年年都随双亲从遥远的福岛来此祭拜。如今我已垂垂老矣，不知还能再来几回。"

梅雨之夕，从周自北京来此探望我。有一日清晨，突然发现八重生出极小一枚花芽——碗莲吧的术语称此为"火柴头"。反复确认无误，那种喜悦无可比拟，久违地将我带出泥淖。直令从周感叹，早知种花如此快乐，我们应去乡下寻觅一片农田。急忙向省吾汇报，他也非常开心："恭喜你从我的种莲学院毕业！"

为了庆祝毕业，我们决定一起吃饭，约在校内餐厅吃大名鼎鼎的总长咖喱。省吾正在念女中初三的小女儿刚下课，也一起过来。她叫心叶，是古语词汇，有性情、趣味、意趣等含义，作名词则指花冠所缀优美的金银箔造花，意思很好，近来常用作女名。心叶与省吾一样活泼爽快，她还有一位姐姐，名叫朱里，正念高三。省吾很得意，说女儿的名字都来自他的智慧。譬如长女的名字，是向故乡南丹借个"丹"字，意同"朱"，再取"故里"的"里"，发音有西洋风。

南丹在京都府中部、京都市西北部，即古代丹波国的南部地区。丹波国大约是京都府的中部与北部，包括兵库县的中东部及大阪府的部分地区,古来是都城的西北口,为兵家必争之地,常被卷入政变,发动本能寺之变的明智光秀就是丹波龟山城主。省吾读高中时,天天坐电车从南丹到京都市区,单程一个多小时。他的妻子一美与他是高中同班同学,两人读大学时就结婚了。后来一美说,那时省吾坐在她后桌,上课总是悄悄给她塞零食,常是仙贝、薯片之类很脆的食物,吃起来声音太大,攥在手里不敢动。"好烦呀,又不敢吃。"一美回想起来笑不停,省吾有点羞涩,一言不发,红着脸一味给我们布菜。

从周曾经也试图在北京家里种碗莲,但技术实在太糟,年年都不成功,这一年已彻底放弃,将厨房久置而发芽的芋头埋进莲缸,庶几亦可观叶,高擎碧玉盘。省吾听了他失败的种莲史,大笑不已。又问从周的家乡,答说安徽。省吾就很仔细也很愉快地跟心叶描述安徽的地理位置:"喏,这是扬子江,南边是上海,北边是你阿姊的家乡。这边隔壁,江苏的隔壁,便是安徽了。"省吾大学时念商务英语,毕业后做过许多工作。朱里刚出生时,据说度过了非常捉襟见肘的一段岁月,夫妇二人拼命工作养家。在真如堂工作后,曾去过福建采买墓地石料,念念不忘厦门的风光与食物。他对中国的地理位置很熟悉,甚至比我身边一些日本同学更有了解现代中国的热情。我们谈到任何中国历史文化的细节,他都会暂停,向心叶讲解,又鼓励心叶与不会日语的从周以英文交流。虽然我在这里生活了一些年,但往来的只有老师与同学,很少体验普通家庭的日常风景。

- 6 -

蝉声越来越密,八重的花茎高度逐渐稳定,花苞开始缓慢膨胀,莲桶每日消耗大量清水。阳台的栀子也开了花,是几年前扦插了学校花圃的一枝。番茄结了果子,秋葵早上绽开浅黄绸缎一样的花朵,花瓣呈旋涡状排列,内面根部有一点晕染的绛红色,当中伸出粉嫩的花柱,顶端也是绛红。很快会结出一枚筒状尖塔形的蒴果,不舍得吃,但几天之内就迅速老去,纤维增多,不适合凉拌,就煮在咖喱里。甚至还留了几枚蒴果到老年,外壳变作黄褐色,出现裂沟,可以看见里面一排一排黑色的圆种子。秋葵属与木槿属、棉属都归入木槿族,我乐于将秋葵的花与果同木芙蓉、木槿、木棉比较,花形很相似,果实虽各自有别,但也能找到一些相通的规律。这些极为幼稚的观察,尚停留在描摹外观的原始阶段,却已带给我许多乐趣。

7月25日,真如堂有"宝物虫拂会",在正殿内张挂、陈列寺中所藏传世绘画、书法名品,颇似曝书节。省吾帮寺僧打下手,说连日与师傅们收拾画卷,累极了。可惜因睡过头，我并不曾去看，只好等明年。这里的许多约定，都以年为单位，与碗莲一样，需要漫长耐心的等候。

7月末，八重曀违三年的第一朵花即将盛开。夜里坐在花前，看层叠花瓣收拢如杯口，清郁香气令人悦乐乃至伤怀。终于可以如愿效仿芸娘熏茶，但并不忍打扰八重。晨光微露，早早起来，看着八重的杯口在朝阳中一点一点打开。"谢谢你，好努力啊。"我跟八重讲。

那一阵很快乐，八重前后共开了三朵莲花，又见到莲花九相，白君子始终沉默。省吾的莲花开得早，谢得也早，结出不少可爱的莲蓬。八重在盂兰盆节之前也结出三枚秀气的小莲蓬，比三年前的要瘦一些，本年花事就此落幕。

墓园中所供花束已有龙胆、千日红、鸡冠花，都是秋天的植物，西云院大殿前的几排莲缸都还开着花。有零星来扫墓的人，走过时彼此会点头招呼。看他们汲水清洗墓石、奉上供花、点燃香烛、合掌默立，难免怀想我远隔山海的故乡，那里也重盂兰盆节，有我应当祭扫的墓所与故人。夕阳尚未完全沉落时，天边云层十分璀璨。小小的飞机被映得雪白，缓缓划过澄明的天海，仿佛是高天上盘旋着的鹰与隼的友伴。乌鸦飞翔的姿态没有它们美，有几只立在老松顶端，也很昂然。夕光须臾敛尽，晚云转瞬变作水墨色，月色愈明，楼阁与林木的轮廓显影一般渐次清晰。

夏末秋初，京都的祭典急管繁弦一般催人。江户前期京都儒医黑川道祐仿明人冯应京所撰《月令广义》，编过十二卷《日次纪事》，讲解年中重要节令的来历、现状及操作办法。卷七"盂兰盆会"条云：

> 自今日至十六日，人家设棚，安各位之牌，修盂兰盆会。其式载饭器于公卿台、破子、加牟奈加计，并供茶果香华而祭之。又以鼠尾草灌水而拜之，是谓向水。其家之宗门僧徒来而诵经于牌前，是称棚经也。

这里的"破子"又称"破笼"，是一种薄木所制的食盒。"加牟奈加计"是京都方言，亦为食器。还有"大文字"条，记载京都8月16日五山送火的盛况，可与如今的景象呼应、参照：

> 今夜东山净土寺山上以薪点大字。此字画非凡笔之所及也，传言室町家繁荣日，为远望之观，使点之，故一条通谓当面，依之言，相国寺横川景三之所笔也。又言弘法大师之所画也。斯说近是。凡此月六日自伐薪木，至点火预其事者，有数十家。今日申刻，各担所伐

干之薪木，互携火登山。凡大文字，一画长百五十间，余其中间隔五尺许，积薪木一堆，其数四百八十余所，各积薪终后，待日没，同时点火，是亦洛阳之壮观也。此外北山松崎点妙法二字，或船形，处处山岳并原野，诸人竞集，烧枯麻条并樒枝，破子，公卿台，是谓圣灵送火，又称施火。

是说室町幕府时期，足利将军为方便看送火，就选了正对一条通的如意岳。而如意岳在银阁寺背后，等于在自家门前观赏，自然极便利。一种说法称这个"大"字是室町时代临济宗禅僧横川景三所写，另一说法称是弘法大师所书。无论如何，大文字山的送火，总是近处左京区住民最觉亲切的仪式。

五山送火是宣告京都夏季进入尾声的盛会。狂欢的人们聚集在鸭川三角洲、船冈山公园、吉田山等地，等待入夜后三面山头次第点燃的薪火。校内有本市难得的教学高楼，聚集了许多学生。大家很有默契地关掉楼道里的灯，迎接东山如意岳的第一个"大"字缓缓亮起，引起一阵欢呼。

这一年不想去学校参与热闹，独在家中等着"大"字点燃。新居在吉田山北麓，家门前有一条西北—东南走向的小道，我家在道路北侧，朋友书店即在道路南侧。狭长山道两侧民居、电线杆林立，东面正对着大文字山，比在学校离得更近，仿佛能听见山上窸窣的人语。难得好天气——过去两年都遇上暴雨。

时近8点，各家各户的人摇着团扇走出家门，聚在道中。有小女孩被父亲抱在怀里，也不会高举，生怕挡了后面的视线。路过的学生驻足张望，加入观看的人群。天已完全暗下去，虫鸣清亮，山头"大"字最先亮起的是中心火床的一点，大约过了一分钟，"大"的笔画渐渐明晰，终于熊熊燃起大团橘红火苗，涌起浓烟。

江户后期京都有儒学家中岛棕隐，少年时却流连祇园花街，作了许多竹枝词，被批判败坏家风，从此浪游各地，中年之后才回到京都，以诗名行世，不入学者之眼。而他的《鸭东四时杂词》却是了解古都风俗很好的读物，当中自然也有歌咏大文字送火的：

> 士女兰盆送鬼时，相携薄夜傍前涯。且观如意峰头火，大字划云收焰迟。

注与《日次纪事》大略相近：

> 七月既望，都人士女来河上送于兰盆会之鬼，僧徒

又各设水陆道场。此夜东北如意峰,村人举火,峰面旧有坑穴,其数四百八十余,相去各五尺许,纵横连成大字样。每画长百五十间。本日前山下村夫积柴其坑,至期而点火,光焰赫烈,映带翠微。相传云,昔相国寺僧景三以其笔意作之,盖亦为招冥者也。

又循进山小道去北向的山坡,那里有更多人。浓密的树荫遮蔽了头顶的天空,人们就透过树与树相邻的空隙看北边松崎西山、东山上的"妙""法"二字,勉强能看见万灯笼山的船形火焰。因不算最佳观景处,所以来的都是附近住户。听到邻居家小朋友问祖母:"为什么叫妙法呀!"祖母温声答:"是《南无妙法莲华经》的'妙法'呀。"

在这一片山中并不能看到左大文字与曼荼罗山的鸟居形火焰,终究想看一眼,思索片刻,决定狂奔去金戒光明寺的紫云山顶。路过后一条天皇陵、阳成天皇陵,穿过真如堂墓地、会津藩士墓园、紫云山墓地,也许打扰了什么精灵,一直说着抱歉。西云院的盆荷依然红香动、翠影浮,巨大一树紫薇盛开如不灭的烟花。奔至山顶文殊塔前,忽而拥入满怀山风,如愿见到西北方的鸟居与左大文字。新年凌晨来过这里,樱花盛时来过这里,梅雨中来过这里,消沉时来过这里,整理思绪时也来过这里,来过无数回。倘我张开双臂,仿佛能将城内万家灯火拢在怀中。太贪心，不好意思这么做，且虚拢双手，捧着一点点火光就够了。那人间的灯火有的是为团聚，有的是在守候夜归人，有的是消遣孤独与寂寥，有的是为接引、送别亡魂，与天上的星河、地上河湖粼粼的波光辉映，难于区分。

暑假结束，秋天到来，如约去见阳子姐姐。她说我似乎精神了一些，大概是因为平安度过了夏天的试炼。思及往事，忍不住跨越边界，向她当面表达感激与敬佩，感谢她领我在灰暗中走过一段不被记录的日子，"不要怕，相信我"，耳边似乎一直有她这样的声音。她说："虽然形式上是我在帮助你，可在我看来，你也在帮助我。因为你的求助与我的专业恰好匹配，使我有了用武之地，让我体会到自己存在的价值。我也从你身上，看到一个陌生崭新的世界，这样的机会平常并不会有。就像患者将自己交付给医生，主动选择信任与坦白，很需要勇气。"

她又说："我曾走过许多歧路，才走到了今天。在绝望中浸淫日久，才缓缓走上现在的路途。从前想，要是有信仰就好了，很多想不通的事情也许就有更简单解明的途径。你说我的工作可以弥补不幸，解救痛苦，若真有这样的效果，岂不与宗教的用途相近。而我现在的工作，的确也是我的信仰。"我虽不知阳子曾走过怎样的歧路，但知道自己的确走过许多歧路，那些经历未必有一致之处，但歧路中的挣扎与探索会给我们留下印记与相似的气味，因此不多一言，即能识别彼此。

修剪了八重的枯叶与枯莲蓬，搬到阳台阴凉处，等待来年春天翻盆。与省吾一家成了很好的朋友，寺里有什么典礼，我也常被叫去，经历了真如堂完整的寒暑。冬至那天，得到省吾馈赠的大袋柚子，是刚从寺里树上摘得，说今年大丰收，又泡澡又做菜，现在还剩了许多。除夕夜收到的是年糕与艾草饼，他开着那辆天蓝色小车，载着一美与女儿们来见我。没有什么回礼，只好多多讲故事。近来朱里刚结束高考，志愿校之一是青山学院大学。我说那里很好，从前是伊予西条藩松平家的"上屋敷"，明治初年曾作过北海道开拓使第一官园，培育蔬菜与果树。后来被教会系统的学校买下，也是今天大学的前身。二十几年前学校出过考古调查简报，有挖出以前藩士用的食器和文房用具。省吾很激动，拍拍朱里："你以后考上了，可以悄悄挖一挖，说不定有什么大发现！"他们一家快乐的情绪感染着我，帮助我寻得投身生活的勇气。积雪覆盖下枯凋的植物明年还会生出新芽，不妨对蛰伏与沉睡给予更多的耐心与守望。

2018 年 1 月 19 日

漫长的客居

我出生时，全家住在镇上破旧的老屋。据说那排老屋从前的规模是四合院，方言叫"四关厢"。我的满月照是在屋前小院拍摄的，坐在一张藤椅上，边上有一株大树。老屋是祖父的叔父所遗，这位曾叔祖父是小商人，先后娶了三位夫人，没有孩子。祖父是家中次子，过继到他名下，跟他学过一段时间做生意，后来也没有用上。

我上幼儿园时，全家已搬到祖父生父旧家附近新建的家中。外祖母送来新制的家具，眠床、衣柜、五斗橱，贴了红纸，用船运来，那时故乡的河道尚能行船。外祖母年轻时见过那四关厢的全貌，以为母亲去了富裕人家，却没有充分考虑到中间隔着的一二十年所带来的巨变。她对母亲选择的婚姻颇感失望，婚礼时说，等你们搬了新家再把家具运来，反正现在也没地方放——这个故事我听母亲讲过好几次。我童年时一直生活在放了那些家具的房间内，宽阔的眠床有三面围栏，雕着花卉龙凤，镶一面四方镜，足够在里面翻跟斗。床边一张四方小桌，桌面玻璃下压着大大小小的照片，底下垫蕾丝桌布。比起大书桌，我更喜欢在这小桌边做作业，很有安全感似的。

老屋只剩下曾叔祖母居住，我喊她"太太"，即曾叔祖父第二位继室。我刚上小学一年级时，讨厌上课，逃过半天学，躲到这位太太家。老屋就在学校北侧，她用零食和茶水招待我，又让我伏在她膝盖上，用小银耳挖为我掏耳朵。太太缠足，每天要收拾很久，我瞥见过几次，不好意思细看，只记得床边搭着的洗晒干净的白色布条。她话极少，总穿深色大襟衫，白发在脑后梳一团小鬏，天稍微一凉就戴上帽子。我念小学时，她年纪似乎已非常大，被祖父接到我们的新家，住在西厢一间房内。不久老屋全部拆去，大树也不见踪影。

太太在我小学四年级时无疾而终，那是我第一次近距离目睹丧礼的种种仪式。灵堂设在家中，祖父为太太换上白衣，盖上缎面被子，脸上覆好白布。祖母和女眷们在孝帐内痛哭，一边哀哭一边叙说太太的生平，我完全听不懂。后来看韩剧里表现的传统丧礼，披麻戴孝的晚辈边哭边喊"哎一古"（아이고），十分眼熟。儿孙们依辈分戴孝，我只需要在头发上别一朵小红绸花，因为是重孙。我那时似乎不太悲伤，在人

群里转来转去，虽然很好奇，但也不敢太接近孝帐。电视剧《红楼梦》王熙凤协理宁国府一集，秦可卿的丧礼排场盛大，道士僧侣都是真的，邓云乡有回忆录。那吹打和诵经声很耳熟，太太的葬礼也请了道士和僧人，用芦蔑与彩纸做了精致的楼台人马。祖父拿了太太的一对新鞋，在道士的指引下一点一点挪过纸做的小桥，似乎是代表太太顺利从此岸去往了彼岸。出殡后，这些纸扎都被抬到野地里烧去，方言叫"化库"，因为那是为亡人建筑的"冥府"与"金银库"。

祖父在世时，每年中元、冬至、除夕都要在家中祭祀祖先。最隆重是除夕，从高处储存柜请下先祖容像，依次摆在堂屋正中的长柜上，与佛龛并列。太太是一张年轻时的照片，瘦长脸，嘴唇很谨慎地抿着，细细的眼睛含着笑意，我是看了名字才把她和记忆中的老人联系起来。祖父在每一幅容像跟前安置年糕、红枣糯米饭、酒盏、红竹筷，请他们享用。正月十五过后，这些容像才被收回柜中，与廊下灯笼一起，方言称"落灯"。我在这样年复一年的仪式里接受了朴素的传统家族观念教育，因而很喜欢看家族关系复杂的旧小说。

童年的腊月，祖父总在写春联，堂屋内晾满墨迹淋漓的红纸。我放了寒假，无事可做，就在边上看他写字，给他磨墨。院内开着水仙与蜡梅，佛龛前有硕大的香橼，带雕花底座的酱色大瓶内供着鲜艳的南天竹果枝。有一阵流行为春联的字描金边，就要多调一皿金液，备几支勾线笔。这项工作我也会，祖父允许我适当创作。有时四邻或亲眷登门取春联，总不忘表扬我几句，甚至有要我写春联的。我很识眼色，知道那是大人的客气与溺爱，从未当真。

祖父在我留学第二年的春天去世，那以后我家都在市上买春联。祖母去世前一年的正月，我碰巧赶上学校放假，久违地回老家过年。当年的新屋早已成旧屋，房顶的乌瓦换成了更轻便防雨的彩瓦。室内翻新，重做了吊顶和地板。堂屋的长柜不见了，换了一张两端翘起的大几案，刷了枣红的漆。佛龛仍在，从前的酱色大瓶没有了，说是早些年卖给了上门收古董的人。我洗干净一只瓷酒瓶，插了水仙、金橘枝和南天竹。印象中附近人家院里多种梅树，便四下寻觅。路过竹林、新修的城隍庙、小学学校、旧家原址，幼时感觉漫长无比的道路其实仅千米左右。天色阴沉，路上不见人影。那座小学已全成废墟，因为学龄儿童太少，经历了合并。无数垃圾堆满校舍庭院与操场，垃圾堆升起呛人的白烟。操场东侧原有一片荷塘，夏季莲台摇曳，却已成一汪浮满垃圾的死水。记忆中植物蓊郁的人家都消失了，没有梅花。

初中毕业后，我随父母搬入公寓，有自己的房间。一张大床，两个床头柜，靠窗是大书桌，边上一张古筝。小时候喜欢画画，想过考艺术生。父母老师都认为极不明智，还是把画画当作兴趣合适。考上高中，父母忽而认为我应该学一件乐器陶冶情操，学钢琴太晚了，那就选看起来容易入门的古筝吧。街上很多琴行，不少孩子忙着考级。但《渔舟唱晚》还没学完，就因为功课太忙而放弃，蒙着防尘套的古筝成了摆设。"考上大学后再好好学。"大学去了重庆，离家太远，当年没有直飞航班，古筝带不走，索性收进仓库。

早知道学些方便携带的小型乐器就好了，于是买了竹笛和洞箫。大三时准备考研，在右安门附近租了一个单间。北方天气干燥，笛和箫都裂了，一支完整的曲子都没学会。那是 2008 年 10 月中旬，偶然看到领养信息，是一位马上要出国留学的女生，在小区救助了一只小白猫。我通过审核，抱回了那只美丽的狮子猫，我以为自己接下来都会在北京生活。医生说它不足岁，推定它生于 2008 年 2 月。我为它起了不少文雅的好名字，实际上只有"白小姐"叫得最顺口。比起猫粮，白小姐更喜欢人类的食物。曾经跃至在我看来不可思议的高处，打落一袋家乐福买回的蒜肠，只给我留一个空塑料袋。"喵。"它走到我跟前，一嘴蒜肠味儿。

那是我第一次完整地经历北京的秋。每天一早起来，坐一个多小时的公交车去海淀上课。先搭 70 路，在陶然桥北站换运通 108 路或特 5 路。那时地铁 14 号线尚未开通，出行基本靠公交车。最常搭特 5 路，路过钓鱼台国宾馆，深秋时满目鲜黄银杏叶,纷纷扬扬仿佛永远落不完。有时午后去国图,喜欢那庞大幽深的空间,很有依靠似的。夜深归来,每停一站,车里都要空一些。到陶然桥,蓝衫乘务员一口圆熟的北京话:"陶然桥到了啊,下车请扶稳啊。"非常亲切。车里已不剩几个人,我也走下去,在迎面而来的冷风里缩了缩脖子。记得菜市场高高堆着的新鲜山楂、磨盘柿,喜欢三元梅园的奶酪和稻香村的牛舌饼、萨其马。红白萨其马大如砖头,硬得硌牙,非常抵饥,当干粮放在家里,想到就安心。喜欢路边的煎饼摊,鏊子上浇一勺面糊,拿篦子摊开,加鸡蛋、薄脆、辣椒面、甜面酱、芫荽末子、葱花。郭德纲说这是书法,也是那时听过的段子。头一回独居,开始学做饭,最初连应该用滚水下饺子都不知道。不敢炒糖色,只用酱油给红烧肉着色。卧室窗前有一排高树,冬天树叶落净,夜晚枯枝间挂着薄薄的月亮,像版画一样棱角分明。

想不到后来定下去京都留学,猫只能暂时寄养。转年春天,从周由岭南到北京工作,把猫接回了家。那是他第一次在北京租房,选了北河沿的旧小区,离沙滩红楼非常近。初来乍到,外地人总想住在合乎北京印象的地方,夜色里宫墙的影子,高高飞着的鸦群,角楼上的明月,热气升腾的胡同。附近没有大超市,买菜要去朝内菜市场。然而出门不多远就是皇城根遗址公园,初春有山桃和白玉兰,夏天是紫薇和玉簪花。我在短暂的寒暑假回去,时常散步去灯市口的中国书店。不多远是丹柿小院,边上有一家小书店,专卖北京文史类图书,老板夫妇十分和善,养一只大黄猫。再走几步就到了三联书店,斜对面是陕西面馆"黄河水",后来改名"小陕娃"。油泼面、臊子面,什么都好吃。小巷里还有一家桂林米粉,远远闻到酸豇豆和笋干的香气,那时螺蛳粉尚未流行。

一直想,毕业后就回北京,因此时常从京都往北京寄书。邮政船运,快的话三周就抵达。只是北京租房常有变故,要么大幅涨价,要么房东突然说要卖房,必须迅速搬走。从周在北河沿住了两年,搬去了八里庄,又搬去十里堡,离中心越来越远,快要出五环。猫多了一只,书也越来越多,搬家非常麻烦,搬家公司都讨厌书多的客户。从周的打包技术得到了很好的磨炼。终于痛定思痛,像许多漂泊在北京的外地人一样,下决心买房。那真是充满希望的年代,房价一路上涨,二孩政策刚刚放开,新闻说"孕妇建档一号难求""幼儿园入园难,难于考公务员""天价学区房一平方米四十万"。人们普遍认为,买晚了肯定吃亏,再不买就更买不起。

我们可以选择的地方不多,最后定下离青年路地铁站不远的小区,一室一厅。父亲认为我们应当买大一点的房子,至少要空出婴儿房。那时我离三十岁已近了，照从前流行的观点，即将逼近"高龄产妇"的警戒线。买房手续是从周一手完成的，他发视频给我看新家。朝东飘窗外是大马路，更远的是一片树林，能看见首都机场起降的飞机。晴朗的月半之夜，东面天空如澄净的海面，小小的飞机驶过金盘般硕大的满月。从周在门边装了猫爬架，在墙上钉了供猫上上下下的木板。客厅三面墙边安置图书馆常用的不锈钢大书架，每格可以塞三排书。留几格给猫，猫总能将自己完美地塞进书堆之间的狭小空间。客厅正中一张旧松木桌，搬家时没舍得扔掉。飘窗边放一张小炕桌，屋顶上垂下橄榄绿圆灯罩包拢的小灯，猫喜欢卧在那里看风景，我们有时会挨着炕桌喝茶。等毕业回来就买一套完整的茶具，我想。为了节省卧室空间，没有买床，白天将被褥收进柜子，猫可以在稍微宽敞的空间内跑对角线。

青年路地铁站出来就是永旺超市，门口有花店。大悦城对面是果多美，十字路口边上偶尔有人卖花，夏天黄昏常有白洋淀采的大捆荷花苞。三蹦子是危险的代步工具，我却没少坐过。有一回从永旺出来，手里拎了大袋蔬菜和一盆茉莉，外面飘泼大雨，没有伞。依然有坚强的三蹦子揽客，我决心上车，它在雪白的雨幕里乘风破浪，像随时要颠覆的小船。这是我的北京生活！小船内的我牢牢抓住车门，雨水从窗户缝隙滔滔涌入。家里植物渐渐多了，可惜从周没有绿手指，桂花、栀子、绣球之类一概枯萎，活下来的只有结实的茉莉、九重葛、虎尾兰、散尾葵，还有厨房种出来的番薯藤、芋头叶。种芋头的白盆很漂亮，本来种了碗莲，后来施肥过多，藕都烧坏了。

我在京都也搬了很多次家，不过都在方圆几百米之内挪动，离学校很近，没有离开过净土寺和北白川一带。那附近有超市"大国屋"，京都本地品牌，是日常生活的重要依靠。小巷有花店，叫"井上花坛"。牙科诊所尤其多，内科、皮肤科、耳鼻喉科也一应俱全。白川通与今出川通交会的十字路口西北方曾有一家妇产科医院，前些年因为产妇太少而宣告关张，改成了普通公寓。

南禅寺水路阁从琵琶湖引来的流水沿哲学之道一路北去，在银阁寺前的坡道边拐向西面，与鸭川支流白川交汇，继续西去，又在通往比叡山的志贺越道附近流往西北方向，接着与高野川交汇，最终流入贺茂川。这流水统称"琵琶湖疏水分线"，与白川交汇后流向西北方的那段又称"白川疏水"。疏水两岸多植吉野樱，岸边常有水仙、绣球、茶梅。除了有名的哲学之道，白川疏水沿线少有游客光顾。刚来京都时，我住在白川疏水的南面，后来搬到白川疏水西侧、京大农学部北边。那附近有一座修道院和一座小教堂。2015

年平安夜，同学约我去那里看圣诞弥撒。平时清幽的小教堂聚满了人，西方人面孔的神父和几位辅祭领着人们从堂内走出，扮演玛利亚和若瑟的孩子跟在后头。众人来到修道院前的小庭院内，手持烛火齐声念唱拉丁文赞美诗。我和同学在人群最后方，手里有一份曲谱，拉丁文上日文小字假名标注读音。我跟不上趟，只觉得非常好听。回到堂内，弥撒开始，人们起立或坐下，读经、答唱咏、献礼经。弥撒后有派对，礼堂内的长桌铺着蕾丝花边桌布，上面摆满点心和水果。人们热烈谈笑，满头白发的神父与每个人交谈问好。他日语说得非常好，与外国人用法语或英语交流，看起来深得人们敬爱。

同学不久毕业回国，想念她的时候，总想起那天晚上的歌声，也会去堂内坐一坐。有一天晚上路过，一位年轻神父热情地招呼我："你好！我好像见过你，要常来啊！"又伸手在我额上画了十字。他是新上任的主任司祭，布基纳法索人。之前那位老神父已卸任，与其他修士一起担任辅祭。后来我才知道，那天正好是圣灰星期三。这仪式的含义是，"人哪，你要记住，你原来是灰土，将来仍要归于灰土"。后来我也和大家在小庭院内焚烧过旧棕榈枝，拿小漏网筛成极细的灰。

我时常去白川疏水附近的人文研分馆查资料。水上有一座小石板桥，栏杆侧面贴着名牌——"小仓桥"。那一段流水很窄，岸边各有两条道路，东侧的是步行道，道边高树参天，有庄严常青的松树、香樟、广玉兰，还有苦楝、山茶、合欢树、鸡爪槭。西侧是车道，沿途种了杜鹃、栀子、胡枝子一类的小灌木。水里不怎么有哲学之道疏水常见的大鲤鱼，但仔细看，偶尔会有成群结队的斜方鱊和黑腹鱊，半透明的小身体，与水草一起摇曳。有时路上还有迅速爬过的溪蟹，这很危险。白鹭和苍鹭也很常见，立在树上，或干脆在浅水里悠然踱步，不怎么怕人，靠得很近时才会从容张开双翅，脖子缩起，双腿后伸，徐徐掠过水面，在绿荫里翩然飞去。

尽管心里反复告诫"客居不能聚书"，但家里的书还是不可避免地满溢。京都租房合同两年一期，我总趁着两年期满考虑换稍微大点的房子。来京都后的第七年，我搬到了第四处居所，在吉田山中的小道边。六叠*的卧室之外，还有一间四叠半的和室，落地窗外正是青碧的山林。我非常喜欢这里，因而忍受了房东挑剔的脾气。尤其是后来听住在同一楼的日本师兄说，房东的挑剔一视同仁，因为他更喜欢欧美白人租客，喜欢医学生，尤其不欣赏文科生。

---

* 日本一种常用面积单位，1叠约合1.62平方米。

每天早上4点钟刚过，山里的乌鸦就醒了，几乎听得见它们扇动翅膀的动静。窗帘逐渐变亮，有金粉的霞光透进来，许多鸟都醒了。初春有栗腹矶鸫求偶的歌，雄鸟是美丽的宝蓝色，胸腹以下逐渐过渡成闪闪的棕红。它歌唱不歇，在屋瓦上跳来跳去，殷勤地围着雌鸟转圈，又或俯身，高高抬起尾羽。雌鸟漫不经心地梳理羽毛，偶尔瞥一眼。过一阵，会看到它们衔来树枝、大团枯草或苔藓。它们选在屋檐下安家，雌鸟不知何时接受了它。四五月黄昏，阳台近处的电线上总停着燕子。我喜欢它们回环往复的曲调，在窗边悄悄观察它们美丽饱满的白色胸脯和闪着蓝光的背羽。梅雨时，雏燕相继出巢，在树丛间飞来飞去，一会儿就停下来休息。珠颈斑鸠很恩爱，总是成对出现在屋脊。笃笃笃笃，树干上黑地白点的小团身影，是可爱的星头啄木鸟。杂色山雀、大山雀更喜欢单独行动，燕雀、麻雀、金翅雀、黑头蜡嘴雀、银喉长尾山雀，时常成群结队地出现。暗绿绣眼鸟十分轻盈，倒挂在易谢的茶梅花瓣边缘，灵巧地转身埋头吸取花蜜，沾了满脸鹅黄的花粉。栗耳短脚鹎极常见，话很多，呼朋引伴地聚到山桐或楝树间，极快活地啄食果子，下雪天也不耽误。

新冠疫情暴发的头一年，学校统统上网课，不需要通勤，有很多时间在阳台看树看鸟，或者去山里散步。5月后，山中植物繁茂，草与藤蔓覆盖了小径。我十分小心地踏过，唯恐遇到什么令人恐惧的爬行动物。"小心蝮蛇！"入山口有黄底黑字的醒目警示牌。风险与诱惑并存，太想去山里看看新开的花。有一次，草间突然窸窸窣窣一阵可疑的响动，吓得飞快蹦走，竟下意识低声念了句方言咒语："丝线麦荟下下面！"幸好只是石龙子，拖着细长的蓝尾。越害怕看得越仔细。童年时祖母带我穿过丰茂的深草，总会轻声念这句咒语，说蛇听到就会害怕得躲起来。我问是什么意思，她说是吓唬蛇，要把它捉起来和丝线、麦芒一起煮掉。有一种奇异的恐怖感，隔了几十年还记得，不知字写得对不对，也不知咒语有什么民俗学、宗教学上的来历。

现在人们好像不太愿意提起那充满隔离、谣言、恐惧的几年。"新冠肺炎"，这个词多么令人厌烦，到嘴边就想避开，换个隐语。那几年，我们一家的命运也发生了改变。我留在了京都，很长时间都不能回到北京的家。

从周决定搬过来，这与我们从前的计划完全不同。书令人头疼，但只要下决心处理，一切都不难。先选出绝对不想放弃的重要部分，打包寄到京都。再请朋友们上门挑选几轮，剩下的请书商过来一次性清理。那些从前被我辛苦寄回的书，都没有再带来，因为不想让它们经历原路的颠簸，不如开启新的旅程。一年后，一位上海的朋友惊诧地告诉我，买了本二手书，里面竟夹着我和从周北京飞重庆的机票。那是 2016 年春天，我们去重庆和成都旅行，重温了大学故地，欣赏了武侯祠的玉兰和海棠。

婚后多年，终于要开始字面意义上的家庭生活。需要更宽敞的屋子，又得搬家。未尝没有考虑房源更丰富、价格更亲民的伏见区、右京区，细细研究周边的超市、医院、宗教设施……有一回，从交通便利的 JR 圆町站附近看房子回来，搭 203 路公交，一路悠悠地经过北野白梅町、上七轩、堀川、同志社……车过了鸭川，终于驶入生活了十多年的左京区。建筑与远山的轮廓如此熟悉，一种难以割舍的强烈情绪击中了我。原来京都对于我而言，只是百万遍至大文字山之间的区域，北不过一乘寺，南不过真如堂。这里距世界文化遗产银阁寺景区很近，受景观条例的严格制约，地价昂贵，没有高楼。我看中了一处非常旧的房子，中介甚至不知是哪一年建造的。带我去看房时，几位工匠正忙于翻新，内部拆得差不多只剩骨架。我小心翼翼上楼，楼梯和二楼地面只铺着长木板条，板条之间的空隙很大，还没有铺地板。领队的木匠用力拍了拍屋中一根柱子，很赞赏地跟我打包票："不用担心，柱子都还好，你瞧这木头多好呀。"京都有很多这种重新装修的老房子，因为拆房子、重新造房子都太昂贵。技艺精湛的工匠喜欢拿法隆寺打比方："那是 1 300 年前的木构建筑呢，可见我们一般住宅只要建筑技术精良，善加维护，住上80年、100年是没问题的。"

这旧房门前有一条小道，两边是窄窄的花园，还有一只盛水的石钵，暗示了前任主人的趣味。园内有桂树、杜鹃、山茶、绣球、南天竹、灯台踯躅，京都民家最常见的植物。中介不会交代前任主人的详情，只能通过合同推测，大概是儿女卖掉了父母的老屋，中介购入后又重加修缮。彼时国际物流不畅，很多部件不全，装修得非常朴素，旧浴室和旧厨房都保留了下来。因为见过房子的骨架，总疑心地板不够结实，好长一段时间都不敢在屋内跳跃。

搬家时带来了多年积攒下的盆栽，一样都不舍得丢掉，就像养小动物。新家附近都是民宅，不再有近在眼前的山树群鸟。乌鸦和栗耳短脚鹎仍极常见，它们胆子大，敢于在墙头屋顶踱步。从周来时已是5月，我们阔别三年。那时航班经常熔断，北京出发的班次也非常少。猫来得更晚，多有波折，或是航班取消，或是送猫人被封在小区。宠物运输公司起先只同意运送六岁的金泽，对十五岁且有慢性肾病的白小姐态度相当谨慎。它们仍住在我们的房子里，那儿租给了好心的朋友，他们愿意照看猫。

金泽是一只肌肉饱满的壮硕橘猫。幼时在小区地下室流浪，我们为它找到了领养之家。后来出于种种原因，它在一岁多时又回到了我们身边。在隔离年代，它先坐长途车从北京到上海，又搭飞机来到成田机场。从周去接它，搭清晨6点的新干线回京都。它很快适应了新环境，喜欢在窗台看鸟，喜欢温暖的被炉和呼呼吹热风的煤油炉。每一位来我家见到它的日本友人都会惊叹它庞大的身躯与亲切爱娇的态度。隔离年代结束后，白小姐终于等到北京直飞的航班，也搭了东京回京都的新干线，一脸沧桑地来到我们跟前。我们终于真正团聚，距离最初收养它竟已过去十多年。

有一次，去拜访一位客居京都多年的北京阿姨，发现她家门前竟种着一株香椿。这在日本很稀罕，除非是古老的寺院或植物园。阿姨说，这是过去从北京带来的，那时候入境查得不严。有了它，就没那么想家了！只是长得慢，春天也不舍得吃。

我该种些什么才没那么想家？枇杷、橘树、石榴、蜡梅。一年过后，它们与园内原住民相处和谐。还想种广玉兰，这很难办，巍峨的大树必然引起邻里纠纷。渐渐地，3月底忍不住要做青团；5月初在白川边割了艾草，捆一束悬在门上；在阳台种葫芦和牵牛，用麻绳结了爬藤的网，盛夏的夜晚在藤荫底下看星星；冬天网购进口自江苏的慈姑，用砂锅炖鸡，超市没有整鸡，买各个部位拼出大半只；除夕写春联，很醒目地贴在门上。以前从未想过会做这些。在附近烤肉店吃饭，跟店主闲聊，我就住在您家店后头。她立刻道：

"哦！就是门口贴着红纸的那家。"6月初，门前碗莲开花。一早起来，邻居老人说："你家莲花刚刚开了，我已经拍了照片！"遇到町内会会长，一位妆容精致、白发染了淡金的老太太，她拍手道："您就住在门口有莲花的那家吧！那莲花太美丽了。"

都说新冠肺炎给京都带来了许多变化，不少店铺悄然隐去，抄底买入的黄金地段新建了富丽的酒店与公寓，市政府濒临破产，都市税居高不下，越来越难留住年轻人。2023年秋，平常的一日，去大国屋超市买菜，竟看到门上贴着即将彻底停业的告示。根植社区几十年的本土超市，这期间陷入不可逆转的赤字，坚持了两三年，终于难以为继。直到现在，附近居民谈起此事，仍觉得十分可惜。从周想起朝阳大悦城楼下永旺超市关门时的心情，那是他下班后无数次走进的地方，他喜欢那儿的熟食和夜晚的打折食物，是深夜加班的独居者可靠的安慰。没有什么是永恒，缓慢的流逝已令人感伤，突然的告别更猝不及防。

带从周去修道院的圣诞弥撒，像多年前同学带我去那般。教他看标注了小字假名读音的拉丁文赞美诗曲谱，告诉他可以在神父面前双手合十接受祝福。后来，修道院只剩下那位来自布基纳法索的年轻神父，其余修士或年老归国，或衰病离世，形体安葬在异乡的土地。老龄少子化的影响无处不在，堂区频繁举行葬礼，很少看到幼儿和年轻人。偶有年轻父母抱着婴孩来领洗，都是越南或菲律宾移民。

2023年的初冬，那位白发苍苍、在异国奉献五十多年的前任神父，也离开了世上。我们参加了他的追悼弥撒，黄昏夕照透过彩色玻璃花窗，歌声在柔光里荡漾。纪念卡上是："雨雪从天而降，并不返回，却滋润地土，使地上发芽结实。"

追悼会结束后，人们暂时没有离开，聚在一起回忆往昔。葬礼公司的工作人员迅速拆掉了纪念的大花篮，将花材包成一束一束，分给众人。回家路上，走过白川疏水边的大树下，没有凋尽的树叶发出细密的响动。看到将满的圆月缓缓从东山升起，天迅速变黑。想起许多往事，寒冷的夜里，怀中花束的香气仿佛更清晰，不由微微抱紧了它。

2024年1月31日

后记

平时在旧书店，常能见到明治以来日人留下的中国游记。那些隽永的名篇，譬如芥川龙之介《中国游记》、吉川幸次郎《我的留学记》、内藤湖南《燕山楚水》、桑原骘藏《考史游记》等等，已经收入中华书局"近代日本人中国游记"系列，近年也陆续有一些新书目被译介到国内。同样，日本出版界也会翻译中国人的旅日见闻，譬如前些年汲古书院翻译出版的钱稻孙之母单士釐所著《癸卯旅行记》。过去九年，出于种种缘故，写过不少闲文。此刻又要结集，不免再三思量：此书与自己从前写过的有何区别，能为读者带来什么，会不会令未来的旧书店主人烦恼——见过不少中国游记，有一些记述潦草，见解平庸，即便标价很低，也少有人问津。

我生活在还算和平的世界，能看到古今中外的各种文献，理应有意识地消化、学习前人留下的作品，并探索于后人也有意义的写作方式。如今常能听到对"文艺""写作"之类概念的批判或嘲讽，但这不是"文艺""写作"等概念的问题，也不应全盘归责于时代，而是从事此类工作的人们修业不足、过于怠惰的缘故。又或者觉得自己从事着高尚的研究，没有必要与凡人多解释。我固然不认同这种简单的对立与随意修筑的壁垒，也不认为应一味迎合、揣摩某个群体或某一时代的偏好。可惜从前的写作过于盲目，自己做得不好，也就不太有说服力。这是一册令我忐忑的闲书，以学生的身份而言，学习、研究之外的写作都是"闲文"。"昼长则夜短，天且不能兼也，而况于人乎？"时时令我反省。

后记不宜絮烦，寒夜将尽，在此郑重感谢一直以来教导、鞭策我的师友，感谢长久容忍、支持我的家人，特别是在本书中屡屡登场、为本书贡献了部分摄影作品的从周兄。也感谢读者诸君的关照。期待新一年邂逅更多书籍，盼望碗莲如约开花，也希望自己学习有进步，性格更坚强。

枕书记于北白川畔

2018年1月28日凌晨

重版后记

没想到《松子落》获得了重版的机会，还是在雪萍这里，这真值得感激。此番重版，勘误之外，少不了对篇目略加调整，使读者略有新鲜感。全书仍沿用初版结构，分为"行旅""人情""岁时""缓归"四部分。"人情"部分抽去《山中往事》《小酒馆》《穿衣记》《和服与性别》四篇，补入《净土寺的咖啡豆》一篇稍近的随笔。"岁时"部分删去篇幅过短的《秋天的藕》，为《仿枕草子》添入两段，替换一段。"缓归"部分补入今年年初刚写的《漫长的客居》，与书名副题呼应。

2018年6月中旬，《松子落》初版上市，我回了一趟北京。在中信书店与止庵老师一起做活动，见到许多新旧友人，度过了愉快的时光。6月11日晚上，与陈甜、孟庆媛、周雯三位挚友相见，一起拜访了同老、辛德勇先生等几位熟悉亲切的老师。我们说了许多话，喝光一大罐自酿的梅酒。那之后，大家分赴各地，齐聚一室的欢聚至今未再重现，而同老也于2023年初春永远离开了我们。

始终不知如何回顾2020年以来模糊又漫长的几年，仿佛漂在激流中的小船，刚要描述窗外风景，群山已过了千万重。一切变化与流逝都无从说起，那就说不久前的一场久别重逢。

2024年3月，时隔五年回到北京。短暂停留后，搭新修的高铁南下。那日华北地区有雾霾，山色依稀，树梢一点淡黄。车过徐州，柳色逐渐转青，河流与水塘亦渐多。车过淮安，风景已近故乡。父母来车站接我，我像客人一样，听他们介绍城市的变化与亲朋故旧的近况。很久都没有回过熟悉的方言区，许多词汇已极生疏。但仍然感到轻松愉快，干枯的母语灵魂稍稍浸了水。

故乡城郊有一片人工湖，从前也去过。当年湖边花树刚种下不久，湖水微浑，无甚可观。然而这次路过，却是红梅、白梅、玉兰盛开，堆叠无数胭脂玉雪，与嫩翠垂柳倒映水中。令人感叹今昔风景之别，在湖边徘徊久之。那天父亲还带我去了深草萋萋满径的墓园，看到了镌着祖父母名字的石碑。他们去世时，我都未能回来。又记起一年盛夏，陪祖母来湖边看灯光音乐节。魔音电光令人昏眩，祖母不想多留。那时她正逐渐丧失记忆，时常记不起我的名字。然而我们似乎意识到，一起出游的机会将越来越少，便在喧嚣的湖岸默默忍耐了一阵。

数日后仍搭高铁北上，自北京返回京都。柳色由浓转淡，从深春一点点退回早春。济南、泰安附近忽而出现许多山，山中有金黄色琉璃瓦的寺院建筑，很庄严。路过沧州，茫茫的枯树丛里忽而有几树美丽的梅花。有些树梢起了蒙蒙的绿烟。淡蓝色的天，大鱼一样的软软轻轻的云。中间瘦两头粗的大烟囱，缓缓冒着云一样的烟。路两边忽而又出现花树，可能是李花？也许是的，红红白白，开得很谨慎，非常好看。听到车上有人说吴语区的方言，音节落在心上，像雨珠滴入水面。偶尔听到北京话，简直震动，仿佛棋子落地那样清晰。

离开北京那天，在小区遇到一只黄狗。它温驯地趴在水泥地上，耳朵耷拉着，双手放在身前。我带大包小包走过，又忍不住回到它跟前，和它一起晒了会儿北京早春的太阳。它有一张土狗常见的脸，眉头微皱，好像很多心思，眼神有点疲惫。它看我也是如此吗？我希望它一切平安，希望世间万物都平安。

最后，感谢雪萍和慢懒在纸书生存艰难的时代愿意给《松子落》新的机会，谢谢你们为它付出的一切。感谢从周拨冗作序，初版后记里感谢过他的摄影作品，而本书的照片都是我自食其力所得。也感谢亲爱的读者，谢谢你们给我的鼓舞与安慰。

枕书记于月待山前

2024 年 4 月 22 日